こんどうともこ 著
元氣日語編輯小組 審訂

TOMOKO老師的無壓力學習法
從零開始，跟著說、輕鬆比～

你也會的旅遊日語！

新版

すぐに使える
旅の日本語

せっかくだもの、話さなきゃ！

海外旅行先でも、じつは片言の現地語とボディーランゲージだけでけっこう通じるものです。でも、せっかく違う言語を話す国に行くのですから、現地の人と現地の言葉でコミュニケーションするほうが、旅は倍、楽しくなると思うのです。言葉を交わしたことがきっかけとなり、友情が芽生えたり、観光客が行かないようなスポットを案内してもらえたり、トラブルにあってもすんなり解決できたり……。わたしは、そんなふうにしてできた海外のお友だちがたくさんいます。ですから、一人旅が大好きです。みなさんにもそんなふうにして、日本人と仲よしになってもらえたら、うれしいな。そういう思いで、本書を執筆しました。

片言でもいいから短時間で話せるようになる方法はないものでしょうか。めんどうな文法解説はできるだけ少なめで、でもきちんと理解できて記憶に残り、簡単かつ実用的な短いフレーズが場面別に整理されている。会話もついていると便利だし、単語も充実しているほうがいいな。自分ならこんな旅行語学教材がほしいという理想を、すべて詰め込んだのが本書です。

音声が附属されていますので、何度も聞いて、声に出して言ってみましょう。耳に残った音をまねすることで、だんだんと日本人に近い発音ができるようになります。現地では、まちがいを恐れずにどんどん話すことをおすすめします。まちがいは多ければ多いほど、言葉は上達します。わたしはそんなふうにして台湾で中国語を身につけ、たくさんのお友だちを作ることができました。本書が、日本好きな方々のお役に立てれば幸いです。

2024 年 3 月　台北の自宅にて

こんどうともこ

既然有這個機會，就開口說吧！

即使在國外旅遊點，其實只用少少的當地語言和身體語言，就能做相當的溝通。但是我個人覺得，難得去到講不同語言的國家，還是用當地的語言和當地的人溝通，這樣的旅程才會倍添樂趣。畢竟言語的交流可成為契機，或許萌生友誼、或許會帶你到一般觀光客沒有辦法去的景點、或許就算遇到了困擾也能夠順利解決⋯⋯。而我，就是因為那樣，結交了很多國外的朋友。所以，我非常喜歡一個人旅行。如果大家也可以那樣，和日本人成為好朋友的話，我會非常開心。而我就是用那樣的心情，動筆寫了這一本書。

有沒有可以在短時間內，就算隻字片語也好，就能開口說的方法呢？麻煩的文法解說盡可能少一點，但是要好理解、易記憶，還有，要有依不同的場景整理出既簡單又實用的短句。另外，要附上會話才方便，而且要是單字也很豐富就更好了。這本書，就是我把「如果是我的話，就會希望有這樣的旅遊語言學習書」這樣的理想全部納入撰寫而成的。

由於隨書附有音檔，所以請多聽幾次，試著發出聲音來說說看吧！相信藉由模仿殘留在耳朵裡的聲音，漸漸就能發出近似於日本人的發音。而到了當地，建議不要怕出錯，積極地多開口。因為錯誤越多，語言就會越進步。像我就是那樣，在台灣學到中文，交到很多朋友。如果這本書，對喜歡日本的大家有所助益的話，將是我最高興的事。

2024 年 3 月　於台北自宅

こんどうともこ

如何使用本書

USE THIS BOOK

從零開始，跟著說、輕鬆比～你也會的旅遊日語！

7大類50個旅遊實際場景

精選7大類50種玩日本時一定會遇到的場景，包含「機上餐點服務」、「入境檢查」等等，只要跟著說、輕鬆比，不管遇到哪種場景都不怕！

旅遊會話我也會！

50個小單元各有一段擬真的情境對話，都是旅遊時一定用得到的日語。只要跟著書開口說，或是指著書讓日本人看，旅遊日本就能暢行無阻！

單字

每段情境對話中都列出數個重點單字，逐步累積旅遊相關的字彙！

中文翻譯

精準的中文翻譯，讓你馬上知道何時會用到這句話。或者你也可以在遇到日本人時，先找中文，再指著該句日語給日本人看，比一比你也能玩日本！

機内 飛機上

STEP01

MP3 02

這個句型超好用！

❶ をください

意為「請給我～」。

水をください。
mi.zu o ku.da.sa.i
請給我水。

枕をください。
ma.ku.ra o ku.da.sa.i
請給我枕頭。

何か読むものをください。
na.ni ka yo.mu mo.no o ku.da.sa.i
請給我什麼可以看的東西。

❷ お～ください

「お」+「動詞ます形或帶有行為動作意義的漢語詞彙」+「ください」，是一種尊重他人的表現，意思為「請您～」。

お乗りください。
o no.ri ku.da.sa.i
請您上車。

お食べください。
o ta.be ku.da.sa.i
請您吃。

お飲みください。
o no.mi ku.da.sa.i
請您喝。

018　019

這個句型超好用！

只要將「をください」（請給我～）、「たい」（想要～）這種簡單的句型無限延伸，就可以實際運用在旅遊上。而且這麼實用的句型，透過本書簡單的解說和例句練習，輕鬆就可以記起來！

音檔序號

日籍作者親自錄製朗讀音檔，配合音檔學習，旅遊日語聽、說一本搞定！

如何使用本書

USE THIS BOOK

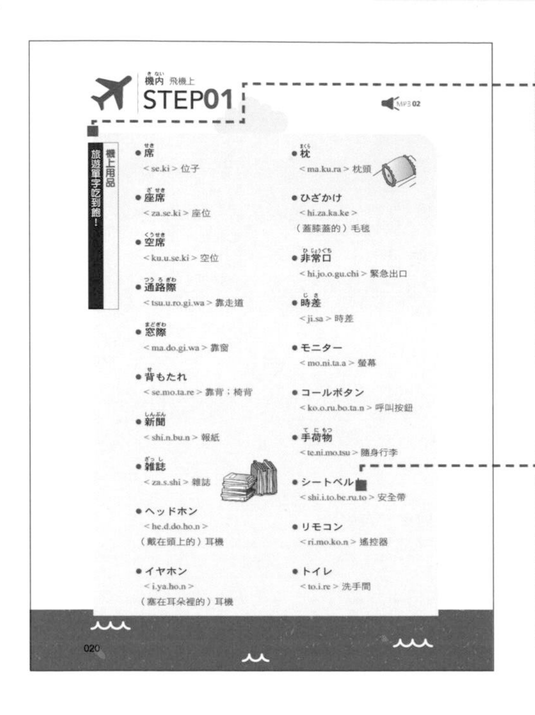

機内 飛機上

STEP01

MP3 02

機上用品

旅遊單字吃到飽！

● 席
< se.ki > 位子

● 座席
< za.se.ki > 座位

● 空席
< ku.u.se.ki > 空位

● 通路際
< tsu.u.ro.gi.wa > 靠走道

● 窓際
< ma.do.gi.wa > 靠窗

● 背もたれ
< se.mo.ta.re > 靠背；椅背

● 新聞
< shi.n.bu.n > 報紙

● 雑誌
< za.s.shi > 雜誌

● ヘッドホン
< he.d.do.ho.n >
（戴在頭上的）耳機

● イヤホン
< i.ya.ho.n >
（塞在耳朵裡的）耳機

● 枕
< ma.ku.ra > 枕頭

● ひざかけ
< hi.za.ka.ke >
（蓋膝蓋的）毛毯

● 非常口
< hi.jo.o.gu.chi > 緊急出口

● 時差
< ji.sa > 時差

● モニター
< mo.ni.ta.a > 螢幕

● コールボタン
< ko.o.ru.bo.ta.n > 呼叫按鈕

● 手荷物
< te.ni.mo.tsu > 隨身行李

● シートベル
< shi.i.to.be.ru.to > 安全帶

● リモコン
< ri.mo.ko.n > 遙控器

● トイレ
< to.i.re > 洗手間

020

旅遊單字吃到飽！

50個小單元皆補充了該種場景下必學的相關單字，像是「一括払い」（一次付清）、「テイクアウト」（外帶；帶走）等等，囊括旅途中一定會遇到的重點單字，不會説，用比的也會通！

羅馬拼音

對50音還不熟怎麼辦？沒關係！全書會話、例句和單字皆附上羅馬拼音，只要跟著本書這樣説，你也可以變成旅遊日語達人！

TOMOKO
老師的行李箱

不可不知空服員在忙什麼？

在日本，1999 年 4 月 1 日為了男女平等，施行了「改定男女雇用機會均等法」。之後有幾個職業的名稱產生變化，像「スチュワーデス」（空姐）就是其中之一。它改成來自英文的「フライトアテンダント」（Flight Attendant）、「キャビンクルー」（Cabin Crew）或是「客室乗務員」，中文通稱為「空服員」，但受到電視連續劇等的影響，通常日本人習慣用和製英語的「キャビンアテンダント」（Cabin Attendant）來稱呼。

你知道一台飛機上有幾位空服員嗎？基本上，依照規定，每五十名乘客就要有一位空服員，等於一位空服員須照顧五十名的旅客，所以有時候他們忙不過來時，也請體諒一下吧。反正我們是去旅行，保持愉快的心情最重要。

説到空服員，一直以來，當空服員應該是很多女孩的夢想吧。每個人心目中的他們，能去全世界、可領高薪、制服漂亮等等，羨慕的因素很多，但其實他們的工作並不輕鬆喔。

空服員的主要工作是為機上的旅客提供服務，如準備飲料、餐點，並提供旅行常識與簡單的醫務協助，但他們的工作其實

044

TOMOKO老師的行李箱

以輕鬆好閱讀的小專欄方式，告訴你各種有趣的日本風土民情，像是「你知道神社和寺廟有什麼不同嗎？」相信藉由這個小專欄，你會更能了解日本文化！

目次

CONTENTS

STEP 01 ▶ 機内（きない） 飛機上

STEP 02 ▶ 空港（くうこう） 機場

目次
CONTENTS

STEP 03 ▶ 交通(こうつう)　交通

STEP 04 ▶ ホテル　飯店

STEP 05 ▶ 観光（かんこう） 觀光

目次

CONTENTS

STEP 06 ▶ グルメ　美食

STEP 07 ▶ ショッピング　購物

本書採用略語

- 名　名詞
- イ形　イ形容詞（形容詞）
- ナ形　ナ形容詞（形容動詞）
- 動　動詞
- 副　副詞
- 副助　副助詞
- 感　感動詞
- 接尾　接尾詞

如何掃描 QR Code 下載音檔

1. 以手機內建的相機或是掃描 QR Code 的 App 掃描封面的 QR Code。
2. 點選「雲端硬碟」的連結之後，進入音檔清單畫面，接著點選畫面右上角的「三個點」。
3. 點選「新增至「已加星號」專區」一欄，星星即會變成黃色或黑色，代表加入成功。
4. 開啟電腦，打開您的「雲端硬碟」網頁，點選左側欄位的「已加星號」。
5. 選擇該音檔資料夾，點滑鼠右鍵，選擇「下載」，即可將音檔存入電腦。

機内(きない) ki.na.i 飛機上

STEP01

1 ▶ お願(ねが)いする　請託

2 ▶ 機内食(きないしょく)サービス　機上餐點服務

3 ▶ 乱気流(らんきりゅう)　亂流

4 ▶ 飛行機酔(ひこうきよ)い　暈機

5 ▶ 免税品(めんぜいひん)の販売(はんばい)　免稅品的銷售

01 お願いする

＜o ne.ga.i su.ru＞請託

旅遊會話我也會！

わたし：　すみません、毛布をください①。
wa.ta.shi　su.mi.ma.se.n mo.o.fu o ku.da.sa.i

客室乗務員：　かしこまりました。どうぞ。
kya.ku.shi.tsu.jo.o.mu.i.n　ka.shi.ko.ma.ri.ma.shi.ta do.o.zo

わたし：　どうも。
wa.ta.shi　do.o.mo

客室乗務員：　お客様、荷物は上の棚にお入れください②。
kya.ku.shi.tsu.jo.o.mu.i.n　o kya.ku sa.ma ni.mo.tsu wa u.e no ta.na ni o i.re ku.da.sa.i

わたし：　重くて入れられないんです。
wa.ta.shi　o.mo.ku.te i.re.ra.re.na.i n de.su

客室乗務員：　お手伝いします。
kya.ku.shi.tsu.jo.o.mu.i.n　o te.tsu.da.i shi.ma.su

わたし：　すみません。
wa.ta.shi　su.mi.ma.se.n

MP3 01

中譯

我：　　　不好意思，請給我毛毯。

空服員：　好的。請。

我：　　　謝謝。

空服員：　客人，行李請放在上面的櫃子。

我：　　　因為太重無法放上去。

空服員：（我）來幫忙。

我：　　　不好意思。

單字

1. 毛布（もうふ）< mo.o.fu > 1 名 毛毯

2. 客室乗務員（きゃくしつじょうむいん）
< kya.ku.shi.tsu.jo.o.mu.i.n > 7 名 空服員，
外來語的說法為「キャビンアテンダント」5 名

3. どうぞ < do.o.zo > 1 副 請

4. 荷物（にもつ）< ni.mo.tsu > 1 名 行李

5. 棚（たな）< ta.na > 0 名 櫃子；架子

6. 重くて（おもくて）< o.mo.ku.te > 重的，原形為「重い（おもい）」0 イ形

這個句型超好用！

① をください

意為「請給我～」。

水をください。

mi.zu o ku.da.sa.i

請給我水。

枕をください。

ma.ku.ra o ku.da.sa.i

請給我枕頭。

何か読むものをください。

na.ni ka yo.mu mo.no o ku.da.sa.i

請給我什麼可以看的東西。

② お～ください

「お」+「動詞ます形或帶有行為動作意義的漢語詞彙」+「ください」，是一種尊重他人的表現，意思為「請您～」。

お乗(の)りください。
o no.ri ku.da.sa.i
請您上車。

お食(た)べください。
o ta.be ku.da.sa.i
請您吃。

お飲(の)みください。
o no.mi ku.da.sa.i
請您喝。

機内（きない） 飛機上

STEP01

MP3 02

旅遊單字吃到飽！ 機上用品

● **席**（せき）
< se.ki > 位子

● **座席**（ざせき）
< za.se.ki > 座位

● **空席**（くうせき）
< ku.u.se.ki > 空位

● **通路際**（つうろぎわ）
< tsu.u.ro.gi.wa > 靠走道

● **窓際**（まどぎわ）
< ma.do.gi.wa > 靠窗

● **背もたれ**（せもたれ）
< se.mo.ta.re > 靠背；椅背

● **新聞**（しんぶん）
< shi.n.bu.n > 報紙

● **雑誌**（ざっし）
< za.s.shi > 雜誌

● **ヘッドホン**
< he.d.do.ho.n >
（戴在頭上的）耳機

● **イヤホン**
< i.ya.ho.n >
（塞在耳朵裡的）耳機

● **枕**（まくら）
< ma.ku.ra > 枕頭

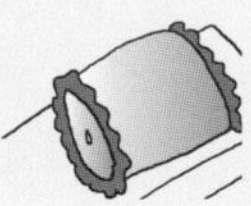

● **ひざかけ**
< hi.za.ka.ke >
（蓋膝蓋的）毛毯

● **非常口**（ひじょうぐち）
< hi.jo.o.gu.chi > 緊急出口

● **時差**（じさ）
< ji.sa > 時差

● **モニター**
< mo.ni.ta.a > 螢幕

● **コールボタン**
< ko.o.ru.bo.ta.n > 呼叫按鈕

● **手荷物**（てにもつ）
< te.ni.mo.tsu > 隨身行李

● **シートベルト**
< shi.i.to.be.ru.to > 安全帶

● **リモコン**
< ri.mo.ko.n > 遙控器

● **トイレ**
< to.i.re > 洗手間

02 機内食サービス
き ない しょく

＜ki.na.i.sho.ku sa.a.bi.su＞機上餐點服務

旅遊會話我也會！

きゃくしつじょう む いん
客室乗務員：　お飲み物は何になさいますか①。（の もの／なん）
kya.ku.shi.tsu.jo.o.mu.i.n　o no.mi.mo.no wa na.n ni na.sa.i.ma.su ka

わたし：　オレンジジュースをください。
wa.ta.shi　o.re.n.ji.ju.u.su o ku.da.sa.i

客室乗務員：　牛肉と鶏肉がございますが……②。（ぎゅうにく／とりにく）
kya.ku.shi.tsu.jo.o.mu.i.n　gyu.u.ni.ku to to.ri.ni.ku ga go.za.i.ma.su ga

わたし：　鶏肉をください。あと、パンをもう1つ。（とりにく／ひと）
wa.ta.shi　to.ri.ni.ku o ku.da.sa.i a.to pa.n o mo.o hi.to.tsu

客室乗務員：　かしこまりました。
kya.ku.shi.tsu.jo.o.mu.i.n　ka.shi.ko.ma.ri.ma.shi.ta

わたし：　ワインはありますか。
wa.ta.shi　wa.i.n wa a.ri.ma.su ka

客室乗務員：　はい。赤ワインと白ワインがございますが……。（あか／しろ）
kya.ku.shi.tsu.jo.o.mu.i.n　ha.i a.ka.wa.i.n to shi.ro.wa.i.n ga go.za.i.ma.su ga

中譯

空服員：　您決定要什麼飲料呢？

我：　　　請給我柳橙汁。

空服員：　我們有牛肉和雞肉……。

我：　　　請給我雞肉。另外，再一個麵包。

空服員：　好的。

我：　　　有葡萄酒嗎？

空服員：　有。我們有紅酒和白酒……。

單字

1. お飲み物（のもの）
< o no.mi.mo.no > 飲料，禮貌語「お」+「飲み物（のもの）」[2][3][名]

2. オレンジジュース < o.re.n.ji.ju.u.su > [5][名] 柳橙汁

3. 牛肉（ぎゅうにく） < gyu.u.ni.ku > [0][名] 牛肉

4. 鶏肉（とりにく） < to.ri.ni.ku > [0][名] 雞肉

5. パン < pa.n > [1][名] 麵包

6. ワイン < wa.i.n > [1][名] 葡萄酒

這個句型超好用！

❶ になさいますか

意為「您決定要～嗎」，是「にしますか」的敬語。

牛肉（ぎゅうにく）になさいますか。
gyu.u.ni.ku ni na.sa.i.ma.su ka
您決定要吃牛肉嗎？

オレンジジュースになさいますか。
o.re.n.ji.ju.u.su ni na.sa.i.ma.su ka
您決定要喝柳橙汁嗎？

お食事（しょくじ）になさいますか。
o sho.ku.ji ni na.sa.i.ma.su ka
您決定要用餐嗎？

❷ がございますが……

意為「我（們）有……」，是「がありますが……」的敬語。雖然後面含有接續「どうなさいますか」（您決定如何呢）或「どちらがよろしいでしょうか」（您覺得哪一個好呢）等語感存在，但由於不說出來對方也懂，所以一般這樣曖昧帶過去較自然。

シーフードと豚肉（ぶたにく）がございますが……。

shi.i.fu.u.do to bu.ta.ni.ku ga go.za.i.ma.su ga

我們有海鮮和豬肉……。

ご飯（はん）と麺（めん）がございますが……。

go.ha.n to me.n ga go.za.i.ma.su ga

我們有飯和麵……。

ドリンクはアルコールとノンアルコールの2種類（にしゅるい）がございますが……。

do.ri.n.ku wa a.ru.ko.o.ru to no.n.a.ru.ko.o.ru no ni.shu.ru.i ga go.za.i.ma.su ga

飲料有含酒精和不含酒精的二種……。

MP3 04

- きないしょく
  機内食
  < ki.na.i.sho.ku > 機上餐點

- **おしぼり**
  < o.shi.bo.ri >
  濕手巾；濕紙巾

- ぶたにく
  豚肉
  < bu.ta.ni.ku > 豬肉

- **ポーク**
  < po.o.ku > 豬肉

- **ビーフ**
  < bi.i.fu > 牛肉

- **チキン**
  < chi.ki.n > 雞肉

- さかな
  魚
  < sa.ka.na > 魚

- **シーフード**
  < shi.i.fu.u.do > 海鮮

- めん
  麺
  < me.n > 麵

- はん
  ご飯
  < go.ha.n > 飯

- **ライス**
  < ra.i.su > 飯

- **ビール**
  < bi.i.ru > 啤酒

- **コーラ**
  < ko.o.ra > 可樂

- **コーヒー**
  < ko.o.hi.i > 咖啡

- ちゃ
  お茶
  < o cha > 茶

- りょくちゃ
  緑茶
  < ryo.ku.cha > 綠茶

- こうちゃ
  紅茶
  < ko.o.cha > 紅茶

- みず
  水
  < mi.zu > 水

- **ミルク**
  < mi.ru.ku >
  奶精；奶球；牛奶

- さとう
  砂糖
  < sa.to.o > 砂糖

03 乱気流(らんきりゅう)

＜ra.n.ki.ryu.u＞亂流

旅遊會話我也會！

客室乗務員(きゃくしつじょうむいん)： 乱気流(らんきりゅう)に入(はい)りましたので、お席(せき)を立(た)たないでください①。

kya.ku.shi.tsu.jo.o.mu.i.n　ra.n.ki.ryu.u ni ha.i.ri.ma.shi.ta no.de o se.ki o ta.ta.na.i.de ku.da.sa.i

わたし： トイレに行(い)きたい②んですけど……。

wa.ta.shi　to.i.re ni i.ki.ta.i n de.su ke.do

客室乗務員(きゃくしつじょうむいん)： ランプが消(き)えるまで、シートベルトをしてお待(ま)ちいただけますか。

kya.ku.shi.tsu.jo.o.mu.i.n　ra.n.pu ga ki.e.ru ma.de shi.i.to.be.ru.to o shi.te o ma.chi i.ta.da.ke.ma.su ka

わたし： がまんできません。

wa.ta.shi　ga.ma.n.de.ki.ma.se.n

客室乗務員(きゃくしつじょうむいん)： じゃ、お急(いそ)ぎください。

kya.ku.shi.tsu.jo.o.mu.i.n　ja o i.so.gi ku.da.sa.i

MP3 05

わたし：　はい。
wa.ta.shi　ha.i

客室乗務員（きゃくしつじょうむいん）：　（ランプが消（き）える）乱気流（らんきりゅう）を抜（ぬ）けました。
kya.ku.shi.tsu.jo.o.mu.i.n　ra.n.pu ga ki.e.ru ra.n.ki.ryu.u o nu.ke.ma.shi.ta

中譯

空服員：　因為我們遇到亂流，所以請勿離開座位。

我：　我想去洗手間……。

空服員：　您可以繫好安全帶，一直到警示燈號熄滅為止嗎？

我：　忍不住了。

空服員：　那麼，請您快點。

我：　好的。

空服員：　（警示燈號熄滅）我們通過了亂流。

MP3 05

單字

1. 乱気流（らんきりゅう）< ra.n.ki.ryu.u > 3 名 亂流
2. 入（はい）りました < ha.i.ri.ma.shi.ta > 進入，原形為「入（はい）る」1 動
3. お席（せき）< o se.ki > 座位，禮貌語「お」+「席（せき）」1 名
4. ランプ < ra.n.pu > 1 名 燈
5. シートベルト < shi.i.to.be.ru.to > 4 名 安全帶
6. 抜（ぬ）けました < nu.ke.ma.shi.ta > 通過，原形為「抜（ぬ）ける」0 動

這個句型超好用！

① ないでください

「動詞ない形」+「ないでください」是一種規勸他人不要做某事的表達，意為「請別～；請不要～」。

お席(せき)を離(はな)れないでください。
o se.ki o ha.na.re.na.i.de ku.da.sa.i
請勿離開座位。

大声(おおごえ)を出(だ)さないでください。
o.o.go.e o da.sa.na.i.de ku.da.sa.i
請勿發出巨大聲響。

電子機器(でんしきき)を使用(しよう)しないでください。
de.n.shi.ki.ki o shi.yo.o.shi.na.i.de ku.da.sa.i
請勿使用電子產品。

② たい

意為「（我）想～；（我）想要～」，表示說話者欲實現某種行為的要求或願望。

日本（にほん）の映画（えいが）が見（み）たいです。

ni.ho.n no e.e.ga ga mi.ta.i de.su

我想看日本電影。

眠（ねむ）りたいです。

ne.mu.ri.ta.i de.su

我想睡覺。

おなかが空（す）いたので、何（なに）か食（た）べたいです。

o.na.ka ga su.i.ta no.de na.ni ka ta.be.ta.i de.su

因為肚子餓，所以想吃點什麼東西。

MP3 06

● 太陽（たいよう）
＜ ta.i.yo.o ＞太陽

● 雲（くも）
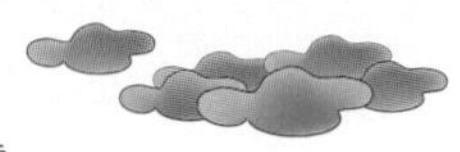
＜ ku.mo ＞雲

● 雨（あめ）
＜ a.me ＞雨

● 霧（きり）
＜ ki.ri ＞霧

● 雷（かみなり）
＜ ka.mi.na.ri ＞雷

● 稲妻（いなずま）
＜ i.na.zu.ma ＞閃電

● 雪（ゆき）

＜ yu.ki ＞雪

● 風（かぜ）
＜ ka.ze ＞風

● 嵐（あらし）
＜ a.ra.shi ＞風暴

● 暴風雨（ぼうふうう）
＜ bo.o.fu.u.u ＞暴風雨

● 台風（たいふう）
＜ ta.i.fu.u ＞颱風

● 竜巻（たつまき）
＜ ta.tsu.ma.ki ＞龍捲風

● 気圧（きあつ）
＜ ki.a.tsu ＞氣壓

● 気温（きおん）
＜ ki.o.n ＞氣溫

● 気流（きりゅう）
＜ ki.ryu.u ＞氣流

● 雹（ひょう）
＜ hyo.o ＞冰雹

● 氷（こおり）
＜ ko.o.ri ＞冰

● 寒冷前線（かんれいぜんせん）
＜ ka.n.re.e.ze.n.se.n ＞冷鋒

● 寒波（かんぱ）
＜ ka.n.pa ＞寒流

● 天気予報（てんきよほう）
＜ te.n.ki.yo.ho.o ＞氣象預報

04 飛行機酔い（ひこうきよい）

< hi.ko.o.ki yo.i > 暈機

旅遊會話我也會！

わたし：　あの、薬（くすり）をもらいたいんですが……。

wa.ta.shi　a.no ku.su.ri o mo.ra.i.ta.i n de.su ga

客室乗務員（きゃくしつじょうむいん）：　どうかなさいましたか。

kya.ku.shi.tsu.jo.o.mu.i.n　do.o.ka na.sa.i.ma.shi.ta ka

わたし：　気持（きも）ちが悪（わる）いんです。

wa.ta.shi　ki.mo.chi ga wa.ru.i n de.su

客室乗務員（きゃくしつじょうむいん）：　吐（は）きそう①ですか。

kya.ku.shi.tsu.jo.o.mu.i.n　ha.ki.so.o de.su ka

わたし：　ええ、
さっきの乱気流（らんきりゅう）のせい②だと思（おも）います。

wa.ta.shi　e.e sa.k.ki no ra.n.ki.ryu.u no se.e da to o.mo.i.ma.su

客室乗務員（きゃくしつじょうむいん）：	薬（くすり）と お水（みず） をどうぞ。もしもの場合（ばあい）は、エチケット袋（ぶくろ） を使（つか）ってください。
kya.ku.shi.tsu.jo.o.mu.i.n	ku.su.ri to o mi.zu o do.o.zo mo.shi.mo no ba.a.i wa e.chi.ke.t.to.bu.ku.ro o tsu.ka.t.te ku.da.sa.i
わたし：	ありがとうございます。
wa.ta.shi	a.ri.ga.to.o go.za.i.ma.su

中譯

我：　　那個，我想拿藥……。

空服員：您怎麼了嗎？

我：　　因為我不舒服。

空服員：可能會吐嗎？

我：　　是的，我想都怪剛才的亂流。

空服員：請服藥和喝水。如有萬一，請用嘔吐袋。

我：　　謝謝你。

單字

1. 薬（くすり） < ku.su.ri > 0 名 藥

2. 気持（きも）ちが悪（わる）い
   < ki.mo.chi ga wa.ru.i > 覺得不舒服；覺得噁心

3. さっき < sa.k.ki > 1 名 剛才

4. 思（おも）います
   < o.mo.i.ma.su > 想，原形為「思（おも）う」2 名

5. お水（みず） < o mi.zu > 水，禮貌語「お」+「水（みず）」0 名

6. エチケット袋（ぶくろ） < e.chi.ke.t.to.bu.ku.ro > 6 名 嘔吐袋

這個句型超好用！

① そう

意為「好像～；似乎～」。但像會話裡這種接在「吐（は）く」（嘔吐）、「なる」（成為）、「落（お）ちる」（掉落）等非人為意志的動詞後面時，表示很有可能發生此一事態，意為「快要～；可能要～」。

だめそうですか。
da.me.so.o de.su ka
快不行了嗎？

がまんできなそうですか。
ga.ma.n de.ki.na.so.o de.su ka
快忍不住了嗎？

痛（いた）くて死（し）にそうです。
i.ta.ku.te shi.ni.so.o de.su
痛到快死了。

② せい

表示發生壞事的原因或責任之所在，意為「由於～；怪於～；怨於～」。

あなたのせいです。
a.na.ta no se.e de.su
都怪你。

さっきの食事（しょくじ）のせいだと思（おも）います。
sa.k.ki no sho.ku.ji no se.e da to o.mo.i.ma.su
我想都怪剛才用的餐。

ワインを飲（の）みすぎたせいです。
wa.i.n o no.mi.su.gi.ta se.e de.su
都怪喝太多葡萄酒。

MP3 08

● 病気（びょうき）
< byo.o.ki > 生病

● 嘔吐（おうと）
< o.o.to > 嘔吐

● 乗り物酔い（のりものよい）
< no.ri.mo.no.yo.i > 暈車

● 頭痛（ずつう）
< zu.tsu.u > 頭痛

● 腹痛（ふくつう）
< fu.ku.tsu.u > 腹痛

● 生理痛（せいりつう）
< se.e.ri.tsu.u > 生理痛

● 発熱（はつねつ）
< ha.tsu.ne.tsu > 發燒

● 立ちくらみ（た）
< ta.chi.ku.ra.mi >
猛然站起來時的頭昏眼花

● 風邪（かぜ）
< ka.ze > 感冒

● 咳（せき）
< se.ki > 咳嗽

● 疲労（ひろう）
< hi.ro.o > 疲勞

● 下痢（げり）
< ge.ri > 腹瀉

● 便秘（べんぴ）
< be.n.pi > 便祕

● めまい
< me.ma.i > 頭暈

● 寒気（さむけ）
< sa.mu.ke > 發冷

● 食あたり（しょく）
< sho.ku.a.ta.ri > 吃壞肚子

● 吐き気（はけ）
< ha.ki.ke > 想吐

● 鼻づまり（はな）
< ha.na.zu.ma.ri > 鼻塞

● 痛い（いた）
< i.ta.i > 痛的

● 後遺症（こういしょう）
< ko.o.i.sho.o > 後遺症

05 免税品（めんぜいひん）の販売（はんばい）

＜ me.n.ze.e.hi.n no ha.n.ba.i ＞免稅品的銷售

旅遊會話我也會！

客室乗務員（きゃくしつじょうむいん）： 免税品（めんぜいひん）はいかがですか。
kya.ku.shi.tsu.jo.o.mu.i.n me.n.ze.e.hi.n wa i.ka.ga de.su ka

わたし： すみません。
wa.ta.shi su.mi.ma.se.n

客室乗務員（きゃくしつじょうむいん）： はい。
kya.ku.shi.tsu.jo.o.mu.i.n ha.i

わたし： カタログのこの商品（しょうひん）がほしい①んですが……。
wa.ta.shi ka.ra.ro.gu no ko.no sho.o.hi.n ga ho.shi.i n de.su ga

客室乗務員（きゃくしつじょうむいん）： すみません。
そちらは人気（にんき）商品（しょうひん）で、すでに売（う）り切（き）れです。
kya.ku.shi.tsu.jo.o.mu.i.n su.mi.ma.se.n
so.chi.ra wa ni.n.ki.sho.o.hi.n de su.de ni u.ri.ki.re de.su

わたし：　それじゃ、この香水(こうすい)はありますか。

wa.ta.shi　so.re ja ko.no ko.o.su.i wa a.ri.ma.su ka

客室乗務員(きゃくしつじょうむいん)：　ございます。
お1(ひと)つでよろしい②でしょうか。

kya.ku.shi.tsu.jo.o.mu.i.n　go.za.i.ma.su
o hi.to.tsu de yo.ro.shi.i de.sho.o ka

機内（きない） 飛機上 STEP01

中譯

空服員： 免稅品有需要嗎？

我： 不好意思。

空服員： 是。

我： 我想要目次的這件商品⋯⋯。

空服員： 不好意思。因為那件是熱門商品，所以已經賣光了。

我： 那麼，有這瓶香水嗎？

空服員： 有。一瓶就好了嗎？

單字

1. 免税品（めんぜいひん） < me.n.ze.e.hi.n > 0 名 免稅品

2. カタログ < ka.ta.ro.gu > 0 名 型錄

3. 商品（しょうひん） < sho.o.hi.n > 1 名 產品

4. 人気（にんき） < ni.n.ki > 0 名 ナ形 受歡迎（的）

5. 売り切れ（うりきれ） < u.ri.ki.re > 0 名 賣光

6. 香水（こうすい） < ko.o.su.i > 0 名 香水

STEP 01

這個句型超好用！

❶ がほしい

意為「（我）想要～」，名+「がほしい」的用法，表示説話者想將某物弄到手的慾望。另外，要表示第三者的慾望時，須使用「（第三者）は」+名+「をほしがっている」。

この化粧品（けしょうひん）がほしいです。

ko.no ke.sho.o.hi.n ga ho.shi.i de.su

我想要這個化妝品。

最新（さいしん）のサングラスがほしいです。

sa.i.shi.n no sa.n.gu.ra.su ga ho.shi.i de.su

我想要最新款的太陽眼鏡。

別（べつ）の色（いろ）のものがほしいんですが……。

be.tsu no i.ro no mo.no ga ho.shi.i n de.su ga

我想要別種顏色的……。

❷ でよろしい

意為「可以～；～就行」，是「でいい」的正式説法。

それだけでよろしいですか。
so.re da.ke de yo.ro.shi.i de.su ka
只有那樣就可以了嗎？

1000円(せんえん)のものでよろしいですか。
se.n.e.n no mo.no de yo.ro.shi.i de.su ka
一千日圓的東西就好嗎？

以上(いじょう)でよろしいですか。
i.jo.o de yo.ro.shi.i de.su ka
以上就好嗎？

MP3 10

旅遊單字吃到飽！

免稅品

- アイテム
  < a.i.te.mu > 項目；品項
- 電子機器（でんしきき）
  < de.n.shi.ki.ki > 電子產品
- タバコ
  < ta.ba.ko > 香菸
- 化粧品（けしょうひん）
  < ke.sho.o.hi.n > 化妝品
- 口紅（くちべに）
  < ku.chi.be.ni > 口紅
- 日本製（にほんせい）
  < ni.ho.n.se.e > 日本製
- 中国製（ちゅうごくせい）
  < chu.u.go.ku.se.e > 中國製
- フランス製（せい）
  < fu.ra.n.su.se.e > 法國製
- チョコレート
  < cho.ko.re.e.to > 巧克力
- アクセサリー
  < a.ku.se.sa.ri.i >
  裝飾品；配件

- 腕時計（うでどけい）
  < u.de.do.ke.e > 手錶
- ブレスレット
  < bu.re.su.re.t.to > 手鍊
- ネックレス
  < ne.k.ku.re.su > 項鍊
- おもちゃ
  < o.mo.cha > 玩具
- お酒（さけ）
  < o sa.ke > 酒
- 財布（さいふ）
  < sa.i.fu > 錢包
- バッグ
  < ba.g.gu > 包包
- スカーフ
  < su.ka.a.fu > 絲巾
- ボールペン
  < bo.o.ru.pe.n > 原子筆
- 税込み（ぜいこ）
  < ze.e.ko.mi > 含稅

不可不知空服員在忙什麼？

在日本，1999 年 4 月 1 日為了男女平等，施行了「改定男女雇用機會均等法」。之後有幾個職業的名稱產生變化，像「スチュワーデス」（空姐）就是其中之一。它改成來自英文的「フライトアテンダント」（Flight Attendant）、「キャビンクルー」（Cabin Crew）或是「客室乗務員（きゃくしつじょうむいん）」，中文通稱為「空服員」，但受到電視連續劇等的影響，通常日本人習慣用和製英語的「キャビンアテンダント」（Cabin Attendant）來稱呼。

你知道一台飛機上有幾位空服員嗎？基本上，依照規定，每五十名乘客就要有一位空服員，等於一位空服員須照顧五十名的旅客，所以有時候他們忙不過來時，也請體諒一下吧。反正我們是去旅行，保持愉快的心情最重要。

說到空服員，一直以來，當空服員應該是很多女孩的夢想吧。每個人心目中的他們，能去全世界、可領高薪、制服漂亮等等，羨慕的因素很多，但其實他們的工作並不輕鬆喔。

空服員的主要工作是為機上的旅客提供服務，如準備飲料、餐點，並提供旅行常識與簡單的醫務協助，但他們的工作其實不只如此。空服員必須於飛機起飛前四十分鐘完成報到手續，整理報紙雜誌，準備毛巾、飲料及餐點，才能準時於登機時在機門歡迎乘客，指引座位，並發放報紙、雜誌及毛巾。到了飛機起飛前，還有救生衣示範及檢查乘客是否繫上安全帶等安全檢查工作。起飛後更忙，除了提供餐點及飲料外，還要販賣免稅商品，做廣播等等。所以，如果你對空服員的服務滿意的話，降落後向他們致意也不錯。如果看到他們的名牌上有日本人的名字，你也可以說「どうもありがとう」（謝謝你），日本空服員一定會很開心。

Memo

空港(くうこう) ku.u.ko.o 機場

STEP02

1 ▶ 入国審査(にゅうこくしんさ)　入境檢查

2 ▶ 荷物(にもつ)の紛失(ふんしつ)　遺失行李

3 ▶ 税関(ぜいかん)　海關

4 ▶ 外貨(がいか)の両替(りょうがえ)　外幣的兌換

01 入国審査（にゅうこくしんさ）

<nyu.u.ko.ku.shi.n.sa> 入境檢查

旅遊會話我也會！

入国（にゅうこく）審査官（しんさかん）： パスポートを拝見（はいけん）します①。
nyu.u.ko.ku.shi.n.sa.ka.n pa.su.po.o.to o ha.i.ke.n.shi.ma.su

わたし： はい。
wa.ta.shi ha.i

入国審査官（にゅうこくしんさかん）： 旅行（りょこう）の目的（もくてき）は何（なん）ですか。
nyu.u.ko.ku.shi.n.sa.ka.n ryo.ko.o no mo.ku.te.ki wa na.n de.su ka

わたし： 観光（かんこう）です。
wa.ta.shi ka.n.ko.o de.su

入国審査官（にゅうこくしんさかん）： どのくらい②滞在（たいざい）しますか。
nyu.u.ko.ku.shi.n.sa.ka.n do.no ku.ra.i ta.i.za.i.shi.ma.su ka

わたし： １週間（いっしゅうかん）です。
wa.ta.shi i.s.shu.u.ka.n de.su

入国審査官（にゅうこくしんさかん）： 滞在先（たいざいさき）はどこですか。
nyu.u.ko.ku.shi.n.sa.ka.n ta.i.za.i.sa.ki wa do.ko de.su ka

STEP 02

中譯

證照查驗人員：　請讓我看護照。

我：　好的。

證照查驗人員：　旅行的目的是什麼呢？

我：　觀光。

證照查驗人員：　要待多久呢？

我：　一個星期。

證照查驗人員：　住在哪裡呢？

單字

1. 入国（にゅうこく） < nyu.u.ko.ku > 0 名 入境

2. パスポート < pa.su.po.o.to > 3 名 護照

3. 旅行（りょこう） < ryo.ko.o > 0 名 旅行

4. 目的（もくてき） < mo.ku.te.ki > 0 名 目的

5. 観光（かんこう） < ka.n.ko.o > 0 名 觀光

6. 滞在（たいざい）します
   < ta.i.za.i.shi.ma.su > 停留；旅居，原形為「滞在（たいざい）する」0 動

這個句型超好用！

① を拝見(はいけん)します

「を見(み)ます」（看）的謙讓語，這是一種說話者透過降低自己的位階，藉以提升對方地位的間接尊敬表現，意為「請讓我看～」。

搭乗券(とうじょうけん)を拝見(はいけん)します。
to.o.jo.o.ke.n o ha.i.ke.n.shi.ma.su
請讓我看登機證。

入国(にゅうこく)カードを拝見(はいけん)します。
nyu.u.ko.ku.ka.a.do o ha.i.ke.n.shi.ma.su
請讓我看入境登記表。

身分証明書(みぶんしょうめいしょ)を拝見(はいけん)します。
mi.bu.n.sho.o.me.e.sho o ha.i.ke.n.shi.ma.su
請讓我看身分證。

② どのくらい

意為「（時間）多久；（空間）多長；（數量）多少」。也可以用「どのぐらい」或「どれくらい」、「どれぐらい」，意思都差不多。

どのくらい日本（にほん）にいますか。
do.no ku.ra.i ni.ho.n ni i.ma.su ka
要待在日本多久呢？

今（いま）、お金（かね）をどのくらい持（も）っていますか。
i.ma o ka.ne o do.no ku.ra.i mo.t.te i.ma.su ka
現在，你有多少錢呢？

審査（しんさ）の時間（じかん）はどのくらいかかりますか。
shi.n.sa no ji.ka.n wa do.no ku.ra.i ka.ka.ri.ma.su ka
審查的時間需要多久呢？

空港（くうこう） 機場

STEP02

MP3 12

- 空港（くうこう） < ku.u.ko.o > 機場
- 国際線（こくさいせん）
  < ko.ku.sa.i.se.n > 國際線
- 国内線（こくないせん）
  < ko.ku.na.i.se.n > 國內線
- 飛行機（ひこうき） < hi.ko.o.ki > 飛機
- エコノミークラス
  < e.ko.no.mi.i.ku.ra.su > 經濟艙
- ビジネスクラス
  < bi.ji.ne.su.ku.ra.su > 商務艙
- ファーストクラス
  < fa.a.su.to.ku.ra.su > 頭等艙
- 乗り継ぎ（のりつぎ） < no.ri.tsu.gi > 轉乘
- 航空会社（こうくうがいしゃ）
  < ko.o.ku.u.ga.i.sha > 航空公司
- 第一ターミナル（だいいち）
  < da.i.i.chi.ta.a.mi.na.ru >
  第一航廈
- 第二ターミナル（だいに）
  < da.i.ni.ta.a.mi.na.ru >
  第二航廈
- 免税店（めんぜいてん）
  < me.n.ze.e.te.n > 免稅店
- インフォメーションセンター
  < i.n.fo.me.e.sho.n.se.n.ta.a >
  詢問處；服務台
- ゲート
  < ge.e.to > 登機門
- 喫煙所（きつえんじょ）
  < ki.tsu.e.n.jo > 吸菸室
- ラウンジ
  < ra.u.n.ji > 貴賓室
- 入国カード（にゅうこく）
  < nyu.u.ko.ku.ka.a.do >
  入境登記表
- 税関申告書（ぜいかんしんこくしょ）
  < ze.e.ka.n.shi.n.ko.ku.sho >
  海關申報表
- 搭乗券（とうじょうけん）
  < to.o.jo.o.ke.n > 登機證
- 手続き（てつづき）
  < te.tsu.zu.ki > 手續

02 荷物（にもつ）の紛失（ふんしつ）

＜ni.mo.tsu no fu.n.shi.tsu＞遺失行李

旅遊會話我也會！

わたし：　荷物（にもつ）が出（で）てこないんですが……。
wa.ta.shi　ni.mo.tsu ga de.te ko.na.i n de.su ga

係員（かかりいん）：　どんな荷物（にもつ）ですか。
ka.ka.ri.i.n　do.n.na ni.mo.tsu de.su ka

わたし：　銀色（ぎんいろ）のスーツケースで、ベルトがついています。
wa.ta.shi　gi.n.i.ro no su.u.tsu.ke.e.su de be.ru.to ga tsu.i.te i.ma.su

係員（かかりいん）：　クレームタグをお持（も）ちですか。
ka.ka.ri.i.n　ku.re.e.mu.ta.gu o o mo.chi de.su ka

わたし：　（クレームタグを渡（わた）す）
wa.ta.shi　ku.re.e.mu.ta.gu o wa.ta.su

係員（かかりいん）：　見（み）つかりましたら①お届（とど）けしますので、滞在先（たいざいさき）を教（おし）えていただけますか②。
ka.ka.ri.i.n　mi.tsu.ka.ri.ma.shi.ta.ra o to.do.ke shi.ma.su no.de ta.i.za.i.sa.ki o o.shi.e.te i.ta.da.ke.ma.su ka

わたし：　新宿駅西口（しんじゅくえきにしぐち）にある東西（とうざい）ホテルです。
wa.ta.shi　shi.n.ju.ku.e.ki ni.shi.gu.chi ni a.ru to.o.za.i.ho.te.ru de.su

空港（くうこう） 機場 STEP02

中譯

我：　　我的行李沒有出來……。

負責人：什麼樣的行李呢？

我：　　銀色的行李箱，有綁著帶子。

負責人：您有行李收據嗎？

我：　　（遞行李收據）

負責人：找到的話會送過去給您，所以可否告訴我您住的地方嗎？

我：　　在新宿車站西口的東西飯店。

單字

1. 荷物（にもつ） < ni.mo.tsu > 1 名 行李
2. 出（で）てこない < de.te ko.na.i > 沒有出來，原形為「出（で）る」1 動
3. スーツケース < su.u.tsu.ke.e.su > 4 名 行李箱
4. ベルト < be.ru.to > 0 名 帶子
5. クレームタグ < ku.re.e.mu.ta.gu > 5 名 行李收據
6. 渡（わた）す < wa.ta.su > 0 動 遞；交

這個句型超好用！

① たら

以 名 或 ナ形 +「だったら」，或是 イ形 +「かったら」，或是 動 +「たら」的形式出現，表示假定條件或契機，意為「如果～的話，～」。

だめだったら、べつにいいです。
da.me.da.t.ta.ra be.tsu ni i.i de.su
不行的話，無所謂。

見(み)つからなかったら、どうしますか。
mi.tsu.ka.ra.na.ka.t.ta.ra do.o shi.ma.su ka
找不到的話，怎麼辦？

あったら、電話(でんわ)します。
a.t.ta.ra de.n.wa.shi.ma.su
有的話，打電話給你。

❷ ていただけますか

意為「能～嗎」，用於說話者請求別人進行某行為時，「てもらえますか」的謙讓語。

お名前を教えていただけますか。
o na.ma.e o o.shi.e.te i.ta.da.ke.ma.su ka
能告訴我您的大名嗎？

ここに電話番号を書いていただけますか。
ko.ko ni de.n.wa.ba.n.go.o o ka.i.te i.ta.da.ke.ma.su ka
能在這裡寫上您的電話號碼嗎？

パスポートを提示していただけますか。
pa.su.po.o.to o te.e.ji.shi.te i.ta.da.ke.ma.su ka
能出示護照嗎？

行李提領處

MP3 14

- 荷物（にもつ） < ni.mo.tsu > 行李
- スーツケース
  < su.u.tsu.ke.e.su > 行李箱
- 手荷物引取所（てにもつひきとりじょ）
  < te.ni.no.tsu.hi.ki.to.ri.jo >
  隨身行李提領處
- クレームカウンター
  < ku.re.e.mu.ka.u.n.ta.a >
  提領行李申訴櫃台
- 手荷物一時預かり所（てにもついちじあずかりじょ）
  <te.ni.mo.tsu.i.chi.ji.a.zu.ka.ri.jo>
  隨身行李暫時寄放處
- カート < ka.a.to > 推車
- 手荷物（てにもつ）
  < te.ni.mo.tsu > 隨身行李
- 手荷物宅配便（てにもつたくはいびん）
  < te.ni.mo.tsu.ta.ku.ha.i.bi.n >
  隨身行李宅配
- 案内（あんない）ボード
  <a.n.na.i.bo.o.do> 班機告示牌
- ターンテーブル
  <ta.a.n.te.e.bu.ru> 行李轉盤
- サービスカウンター
  < sa.a.bi.su.ka.u.n.ta.a > 服務台
- 手荷物引換証（てにもつひきかえしょう）
  < te.ni.mo.tsu.hi.ki.ka.e.sho.o >
  隨身行李收據，
  意思同「クレームタグ」
- 検疫（けんえき）カウンター
  < ke.n.e.ki.ka.u.n.ta.a >
  檢疫櫃台
- 申告（しんこく） < shi.n.ko.ku > 申報
- 証明書類（しょうめいしょるい）
  < sho.o.me.e.sho.ru.i >
  證明文件
- 輸出入禁止品（ゆしゅつにゅうきんしひん）
  < yu.shu.tsu.nyu.u.ki.n.shi.hi.n >
  禁止進出口物品
- 食品（しょくひん） < sho.ku.hi.n > 食品
- 生き物（いきもの） < i.ki.mo.no > 生物
- 没収（ぼっしゅう） < bo.s.shu.u > 沒收
- お土産（おみやげ）
  <o mi.ya.ge> 土產品；伴手禮

03 税関

<ze.e.ka.n> 海關

旅遊會話我也會！

係員：　パスポートと税関申告書を見せてください。

ka.ka.ri.i.n　pa.su.po.o.to to ze.e.ka.n.shi.n.ko.ku.sho o mi.se.te ku.da.sa.i

わたし：　はい。

wa.ta.shi　ha.i

係員：　何か申告するもの①はありますか。

ka.ka.ri.i.n　na.ni ka shi.n.ko.ku.su.ru mo.no wa a.ri.ma.su ka

わたし：　いいえ、ありません。

wa.ta.shi　i.i.e a.ri.ma.se.n

係員：　スーツケースを開けてください②。
これは何ですか。

ka.ka.ri.i.n　su.u.tsu.ke.e.su o a.ke.te ku.da.sa.i
ko.re wa na.n de.su ka

わたし：　マンゴーです。

wa.ta.shi　ma.n.go.o de.su

係員（かかりいん）：　果物（くだもの）は持（も）ち込（こ）み禁止（きんし）です。

ka.ka.ri.i.n　ku.da.mo.no wa mo.chi.ko.mi ki.n.shi de.su

中譯

負責人：　請讓我看護照與海關申報單。

我：　好的。

負責人：　有什麼要申報的東西嗎？

我：　不，沒有。

負責人：　請打開行李箱。這是什麼呢？

我：　是芒果。

負責人：　水果不能帶入境。

單字

1. 税関申告書（ぜいかんしんこくしょ） < ze.e.ka.n.shi.n.ko.ku.sho > [9] [名] 海關申報單

2. 申告する（しんこく） < shi.n.ko.ku.su.ru > [0] [動] 申報

3. 開けて（あ） < a.ke.te > 打開，原形為「開（あ）ける」[0] [動]

4. マンゴー < ma.n.go.o > [1] [名] 芒果

5. 果物（くだもの） < ku.da.mo.no > [2] [名] 水果

6. 禁止（きんし） < ki.n.shi > [0] [名] 禁止

MP3 16

這個句型超好用！

① 申告（しんこく）するもの

動詞辭書形＋「もの」，意思為「～的東西」。

何（なに）か食（た）べるものはありますか。
na.ni ka ta.be.ru mo.no wa a.ri.ma.su ka
有什麼吃的東西嗎？

禁止（きんし）されているものを持（も）っていますか。
ki.n.shi.sa.re.te i.ru mo.no o mo.t.te i.ma.su ka
持有禁止攜帶的東西嗎？

身分（みぶん）を証明（しょうめい）するものを出（だ）しなさい。
mi.bu.n o sho.o.me.e.su.ru mo.no o da.shi.na.sa.i
拿出證明身分的東西！

② てください

意思為「請～」。

手荷物のほうも見せてください。
te.ni.mo.tsu no ho.o mo mi.se.te ku.da.sa.i
也請讓我看隨身行李那邊。

段ボール箱を開けてください。
da.n.bo.o.ru.ba.ko o a.ke.te ku.da.sa.i
請打開紙箱。

電子機器を外に出してください。
de.n.shi.ki.ki o so.to ni da.shi.te ku.da.sa.i
請把電子產品拿出來。

旅遊單字吃到飽！

海關

- ぜいかんけんさ
税関検査
< ze.e.ka.n.ke.n.sa >
海關檢查

- べっそうひん
別送品
< be.s.so.o.hi.n >
另外寄送的物品

- めんぜい
免税
< me.n.ze.e > 免稅

- かぜい
課税
< ka.ze.e > 課稅

- しょじひん
所持品
< sho.ji.hi.n > 隨身物品

- しつもん
質問
< shi.tsu.mo.n > 詢問；質問

- **チェック**
< che.k.ku > 確認

- **ナイフ**
< na.i.fu > 刀子

- **はさみ**
< ha.sa.mi > 剪刀

- **カッター**
< ka.t.ta.a > 美工刀

- きけんぶつ
危険物
< ki.ke.n.bu.tsu > 危險物品

- さけ
酒
< sa.ke > 酒

- **タバコ**
< ta.ba.ko > 香菸

- **プレゼント**
< pu.re.ze.n.to > 禮物

- やくぶつ
薬物
< ya.ku.bu.tsu > 藥物、毒品

- なま
生もの
< na.ma.mo.no > 生鮮食品

- **カラスミ**
< ka.ra.su.mi > 烏魚子

- しょくひん
食品
< sho.ku.hi.n > 食品

- ちゃ
ウーロン茶
< u.u.ro.n.cha > 烏龍茶

- にくるい
肉類
< ni.ku.ru.i > 肉類

04 外貨(がいか)の両替(りょうがえ)

＜ga.i.ka no ryo.o.ga.e＞外幣的兌換

旅遊會話我也會！

わたし： 米(べい)ドルを日本円(にほんえん)に替(か)えたい①んですが……。
wa.ta.shi be.e.do.ru o ni.ho.n.e.n ni ka.e.ta.i n de.su ga

係員(かかりいん)： おいくらですか。
ka.ka.ri.i.n o i.ku.ra de.su ka

わたし： 今日(きょう)の為替(かわせ)レートはいくらですか。
wa.ta.shi kyo.o no ka.wa.se.re.e.to wa i.ku.ra de.su ka

係員(かかりいん)： 1(いち)ドル 95円(きゅうじゅうごえん)です。
ka.ka.ri.i.n i.chi.do.ru kyu.u.ju.u.go.e.n de.su

わたし： じゃあ②、1500(せんごひゃく)ドル分(ぶん)両替(りょうがえ)してください。
wa.ta.shi ja.a se.n.go.hya.ku.do.ru bu.n ryo.o.ga.e.shi.te ku.da.sa.i

係員(かかりいん)： かしこまりました。
ka.ka.ri.i.n ka.shi.ko.ma.ri.ma.shi.ta

MP3 17

STEP 02

わたし：　すみません、
この トラベラーズチェック もお願(ねが)いします。

wa.ta.shi　su.mi.ma.se.n
ko.no to.ra.be.ra.a.zu.che.k.ku mo o ne.ga.i shi.ma.su

中譯

我：　　我想把美金兌換成日幣……。

負責人：多少錢呢？

我：　　今天的匯率是多少錢呢？

負責人：一美元是九十五日圓。

我：　　那麼，請兌換一千五百美元。

負責人：好的。

我：　　不好意思，這個旅行支票也麻煩你。

單字

1. 米（べい）ドル < be.e.do.ru > 0 名 美金

2. 日本円（にほんえん） < ni.ho.n.e.n > 0 名 日圓；日幣

3. おいくら
< o i.ku.ra > 多少錢；多少量，禮貌語「お」+「いくら」1 名

4. 為替（かわせ） < ka.wa.se > 0 名 匯兌

5. 両替（りょうがえ）して < ryo.o.ga.e.shi.te > 兌換，原形為「両替（りょうがえ）する」0 動

6. トラベラーズチェック
< to.ra.be.ra.a.zu.che.k.ku > 7 名 旅行支票

這個句型超好用！

❶ AをBに替（か）えたい

意為「想把 A 換成 B」。

台湾（たいわん）ドルを日本円（にほんえん）に替（か）えたいんですが……。
ta.i.wa.n.do.ru o ni.ho.n.e.n ni ka.e.ta.i n de.su ga
我想把台幣換成日幣……。

米（べい）ドルを日本円（にほんえん）に替（か）えたいんですが、できますか。
be.e.do.ru o ni.ho.n.e.n ni ka.e.ta.i n de.su ga de.ki.ma.su ka
我想把美金換成日幣，可以嗎？

この一万円札（いちまんえんさつ）を千円札（せんえんさつ）10枚（じゅうまい）に替（か）えたいんですが……。
ko.no i.chi.ma.n.e.n.sa.tsu o se.n.e.n.sa.tsu ju.u.ma.i ni ka.e.ta.i n de.su ga
我想把這個一萬日圓鈔票換成十張一千日圓鈔票……。

② じゃあ

意為「那麼」，是「では」的口語說法，也可以說「じゃ」，常在會話裡出現。

じゃあ、そうしてください。
ja.a so.o.shi.te ku.da.sa.i
那麼，麻煩你那樣做。

じゃあ、それにします。
ja.a so.re ni shi.ma.su
那麼，決定要那個。

じゃあ、それでいいです。
ja.a so.re de i.i de.su
那麼，那個就好了。

旅遊單字吃到飽！

兌換處

- 両替所（りょうがえじょ）
< ryo.o.ga.e.jo > 兌換處

- 銀行（ぎんこう）
< gi.n.ko.o > 銀行

- 身分証明書（みぶんしょうめいしょ）
< mi.bu.n.sho.o.me.e.sho >
身分證

- 現地（げんち）
< ge.n.chi > 當地

- 領収書（りょうしゅうしょ）
< ryo.o.shu.u.sho > 收據

- 台湾元（たいわんげん）
< ta.i.wa.n.ge.n > 台幣

- 人民元（じんみんげん）
< ji.n.mi.n.ge.n > 人民幣

- ユーロ
< yu.u.ro > 歐元

- タイバーツ
< ta.i.ba.a.tsu > 泰幣；泰銖

- 香港（ホンコン）ドル
< ho.n.ko.n.do.ru > 港幣

- 韓国（かんこく）ウォン
< ka.n.ko.ku.wo.n >
韓幣；韓圜

- 現金（げんきん）
< ge.n.ki.n > 現金

- お札（さつ）
< o sa.tsu > 紙鈔

- コイン
< ko.i.n > 硬幣

- 金額（きんがく）
< ki.n.ga.ku > 金額

- 計算（けいさん）
< ke.e.sa.n > 計算

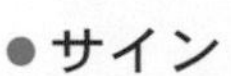

- サイン
< sa.i.n > 簽名

- 住所（じゅうしょ）
< ju.u.sho > 地址

- 連絡先（れんらくさき）
< re.n.ra.ku.sa.ki > 聯絡處

- 計算機（けいさんき）
< ke.e.sa.n.ki > 計算機

誰怕日本海關！

在日本海關，有紅色通道和綠色通道之分。沒有攜帶需要課稅的物品時，可走綠色通道，而攜帶必須課稅的物品時，應走紅色通道。日本海關的工作人員基本上不會說中文，但他們會用圖片來示意所要瞭解的內容並使旅客們一目瞭然，所以過關時不用太擔心。海關檢查行李時最常提出的問題有「何（なに）か特（とく）に申告（しんこく）するものはありますか」（有什麼特別需要申報的東西嗎）或「以下（いか）のものを携帯（けいたい）していますか」（有攜帶以下的東西嗎），也都會用圖片顯示。如果不會說日文，用手勢表明「有」或「沒有」就可以了。但難得來到日本，建議大家還是多利用機會練習日文。另外，無論何種貨幣都可以攜帶進入日本，但是如果攜帶的是一百萬日圓以上，或者是與其等值的支票或有價證券時，則必須向海關申報。

還有提醒大家，以下物品禁止帶入日本國內，請注意。（一）毒品大麻鴉片、吸毒用具；（二）槍支彈藥及其零件；（三）硬幣、紙幣以及證券的偽造品；（四）帶有色情內容的雜誌、錄影帶、光碟等；（五）假冒、偽造之名牌產品。其它注意事項：（一）攜帶獵槍、日本刀或劍之類的物品，須出示證書；（二）

禁止攜帶動物、植物出入境；（三）非個人使用的某些醫藥品、保健品、化妝品，超出一定限額，則須辦理日本衛生部進口手續。例如：醫藥品（二個月用量）、醫生指定藥品（一個月用量）、化妝品、美容保健品每種二十四個。逃避申報，會受到海關處罰。

Memo

交通（こうつう） ko.o.tsu.u 交通

STEP03

01 切符(きっぷ)を買(か)う

< ki.p.pu o ka.u > 購票

旅遊會話我也會！

わたし： 横浜駅(よこはまえき)まで①はいくらですか。
wa.ta.shi yo.ko.ha.ma.e.ki ma.de wa i.ku.ra de.su ka

係員(かかりいん)： ６２０円(ろっぴゃくにじゅうえん)です。
ka.ka.ri.i.n ro.p.pya.ku.ni.ju.u.e.n de.su

わたし： じゃ、横浜(よこはま)までの切符(きっぷ)を2枚(にまい)ください。
wa.ta.shi ja yo.ko.ha.ma ma.de no ki.p.pu o ni.ma.i ku.da.sa.i

係員(かかりいん)： １２４０円(せんにひゃくよんじゅうえん)になります②。
ka.ka.ri.i.n se.n.ni.hya.ku.yo.n.ju.u.e.n ni na.ri.ma.su

わたし： すみません、改札口(かいさつぐち)はどこですか。
wa.ta.shi su.mi.ma.se.n ka.i.sa.tsu.gu.chi wa do.ko de.su ka

係員(かかりいん)： そこの階段(かいだん)を下(お)りて、右(みぎ)にいったところです。
ka.ka.ri.i.n so.ko no ka.i.da.n o o.ri.te mi.gi ni i.t.ta to.ko.ro de.su

わたし： どうも。
wa.ta.shi do.o.mo

中譯

我：　　到橫濱車站多少錢呢？

負責人：六百二十日圓。

我：　　那麼，請給我到橫濱的車票二張。

負責人：總共一千二百四十日圓。

我：　　請問，剪票口在哪裡呢？

負責人：那邊的樓梯下去，右轉那裡。

我：　　謝謝。

單字

1. 駅（えき）< e.ki > 1 名 車站
2. 切符（きっぷ）< ki.p.pu > 0 名 票；車票
3. 枚（まい）< ma.i > 接尾 （計算平薄的物品）張；片
4. 改札口（かいさつぐち）< ka.i.sa.tsu.gu.chi > 4 名 剪票口
5. 階段（かいだん）< ka.i.da.n > 0 名 階梯；樓梯
6. 右（みぎ）< mi.gi > 0 名 右；右邊；右側

這個句型超好用！

❶ まで

意為「到；到達」，表示動作、作用達到的時間以及空間。通常以「～から～まで」（從～到～）的用法出現。

新宿までだいたい10分くらいです。
shi.n.ju.ku ma.de wa da.i.ta.i ju.p.pu.n ku.ra.i de.su
到新宿大約要十分鐘。

ここから横浜までは2時間くらいかかります。
ko.ko ka.ra yo.ko.ha.ma ma.de wa ni.ji.ka.n ku.ra.i ka.ka.ri.ma.su
從這裡到橫濱要花二個小時左右。

今日から来週の水曜日までゴールデンウィークで休みです。
kyo.o ka.ra ra.i.shu.u no su.i.yo.o.bi ma.de go.o.ru.de.n.wi.i.ku de ya.su.mi de.su
從今天到下星期三是因黃金週而休假。

② になります

意為「共計；達到」。

合わせて3 800円になります。
a.wa.se.te sa.n.ze.n.ha.p.pya.ku.e.n ni na.ri.ma.su
一共是三千八百日圓。

全部で5 6 0円になります。
ze.n.bu de go.hya.ku.ro.ku.ju.u.e.n ni na.ri.ma.su
全部總共是五百六十日圓。

1に2を足すと3になります。
i.chi ni ni o ta.su to sa.n ni na.ri.ma.su
一加二等於三。

旅遊單字吃到飽！

票務櫃台

- **みどりの窓口**（まどぐち）
  < mi.do.ri.no.ma.do.gu.chi >
  綠色窗口（JR 服務窗口）

- **片道**（かたみち）
  < ka.ta.mi.chi > 單程票

- **往復**（おうふく）
  < o.o.fu.ku > 來回票

- **切符販売機**（きっぷはんばいき）
  < ki.p.pu.ha.n.ba.i.ki >
  自動售票機

- **回数券**（かいすうけん）
  < ka.i.su.u.ke.n > 回數票

- **定期券**（ていきけん）
  < te.e.ki.ke.n > 定期票

- **席**（せき）
  < se.ki > 位子

- **自由席**（じゆうせき）
  < ji.yu.u.se.ki > 自由座

- **指定席**（していせき）
  < shi.te.e.se.ki > 對號座

- **グリーン車**（しゃ）
  < gu.ri.i.n.sha >
  綠色車廂（類似於台灣高鐵的「商務車廂」）

- **売り切れ**（うりきれ）
  < u.ri.ki.re > 售完

- **キャンセル**
  < kya.n.se.ru > 取消

- **予約**（よやく）
  < yo.ya.ku > 預約

- **変更**（へんこう）
  < he.n.ko.o > 更改

- **払い戻し**（はらいもどし）
  < ha.ra.i.mo.do.shi > 退票

- **のりこし精算機**（せいさんき）
  < no.ri.ko.shi.se.e.sa.n.ki >
  補票機

- **ＩＣカードチャージ機**（アイシー…き）
  < a.i.shi.i.ka.a.do.cha.a.ji.ki >
  IC 卡加值機

- **～行き**（ゆき）
  < yu.ki > 前往～

- **空席**（くうせき）
  < ku.u.se.ki > 空位

- **満席**（まんせき）
  < ma.n.se.ki > 滿座

02 電車と地下鉄

でんしゃ と ちかてつ

< de.n.sha to chi.ka.te.tsu > 電車與地鐵

旅遊會話我也會！

わたし： 渋谷(しぶや)に行(い)くには①、何線(なにせん)に乗(の)れば②いいですか。
wa.ta.shi　shi.bu.ya ni i.ku ni wa na.ni.se.n ni no.re.ba i.i de.su ka

駅員(えきいん)： 山手線(やまのてせん)が簡単(かんたん)ですよ。
e.ki.i.n　ya.ma.no.te.se.n ga ka.n.ta.n de.su yo

わたし： 安(やす)いのがいいんですが……。
wa.ta.shi　ya.su.i no ga i.i n de.su ga

駅員(えきいん)： それでしたら、銀座線(ぎんざせん)です。
e.ki.i.n　so.re.de.shi.ta.ra gi.n.za.se.n de.su

わたし： 銀座線(ぎんざせん)は何番(なんばん)ホームですか。
wa.ta.shi　gi.n.za.se.n wa na.n.ba.n ho.o.mu de.su ka

駅員(えきいん)： ３番(さんばん)ホームです。
e.ki.i.n　sa.n.ba.n ho.o.mu de.su

わたし： どうもありがとうございます。
wa.ta.shi　do.o.mo a.ri.ga.to.o go.za.i.ma.su

交通（こうつう） 交通
STEP03

中譯

我：　　　　去澀谷，要搭什麼線好呢？

車站人員：　山手線很簡單喔。

我：　　　　我喜歡便宜的……。

車站人員：　那樣的話，銀座線。

我：　　　　銀座線是幾號月台呢？

車站人員：　三號月台。

我：　　　　非常謝謝您。

單字

1. 渋谷（しぶや） < shi.bu.ya > 0 名 澀谷
2. 乗れ（の） < no.re > 搭乘，原形為「乗る（の）」 0 動
3. 駅員（えきいん） < e.ki.i.n > 2 名 車站人員
4. 簡単（かんたん） < ka.n.ta.n > 0 ナ形 簡單（的）
5. 安い（やす） < ya.su.i > 2 イ形 便宜的
6. ホーム < ho.o.mu > 1 名 月台

MP3 22

STEP 03

這個句型超好用！

① には

為了強調助詞「に」前面的名詞，在「に」的後面加「は」。表示「要那麼做就得～」、「要想那樣就得～」的意思。

そこに行く（い）には、飛行機（ひこうき）が便利（べんり）です。
so.ko ni i.ku ni wa hi.ko.o.ki ga be.n.ri de.su
去那裡，要搭飛機比較方便。

その電車（でんしゃ）に乗る（の）には、予約（よやく）が必要（ひつよう）です。
so.no de.n.sha ni no.ru ni wa yo.ya.ku ga hi.tsu.yo.o de.su
要搭那台電車，必須得預約。

時間（じかん）に間（ま）に合う（あ）には、やっぱり新幹線（しんかんせん）でしょう。
ji.ka.n ni ma.ni.a.u ni wa ya.p.pa.ri shi.n.ka.n.se.n de.sho.o
時間想來得及，還是要新幹線吧。

❷ ば

表示假定條件，意為「如果～就～」。

あの電車(でんしゃ)に乗(の)れば、静岡(しずおか)につきます。
a.no de.n.sha ni no.re.ba shi.zu.o.ka ni tsu.ki.ma.su
搭那輛電車的話，就會到靜岡。

新幹線(しんかんせん)に乗(の)れば、もっと早(はや)く着(つ)きます。
shi.n.ka.n.se.n ni no.re.ba mo.t.to ha.ya.ku tsu.ki.ma.su
搭新幹線的話，會更早到。

今日(きょう)じゃなければ、切符(きっぷ)があります。
kyo.o ja na.ke.re.ba ki.p.pu ga a.ri.ma.su
如果不是今天的話，就有票。

鐵路

旅遊單字吃到飽！

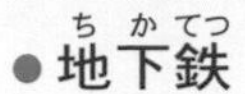

- **電車**（でんしゃ）
  < de.n.sha > 電車
- **地下鉄**（ちかてつ）
  < chi.ka.te.tsu > 地鐵
- **新幹線**（しんかんせん）
  < shi.n.ka.n.se.n > 新幹線
- **モノレール**
  < mo.no.re.e.ru > 單軌電車
- **列車**（れっしゃ）
  < re.s.sha > 列車
- **急行**（きゅうこう）
  < kyu.u.ko.o > 急行；快車
- **特急**（とっきゅう）
  < to.k.kyu.u > 特急；特快車
- **快速**（かいそく）
  < ka.i.so.ku > 快速；快車
- **始発**（しはつ）
  < shi.ha.tsu >
  首班電車；頭班電車
- **終電**（しゅうでん）
  < shu.u.de.n > 末班電車
- **網棚**（あみだな）
  < a.mi.da.na > 網架
- **吊り革**（つりかわ）
  < tsu.ri.ka.wa > 吊環
- **優先席**（ゆうせんせき）
  < yu.u.se.n.se.ki >
  優先座（方便給老人或孕婦等坐的位子）
- **シルバーシート**
  < shi.ru.ba.a.shi.i.to > 博愛座
- **なかづり広告**（こうこく）
  < na.ka.zu.ri.ko.o.ko.ku >
  車廂內垂掛下來的廣告
- **手すり**（て）
  < te.su.ri > 扶手
- **車内販売**（しゃないはんばい）
  < sha.na.i.ha.n.ba.i >
  車廂內販賣
- **白線**（はくせん）
  < ha.ku.se.n > 白色警戒線
- **キヨスク**
  < ki.yo.su.ku > 站內小販賣店
- **かけこみ乗車**（じょうしゃ）
  < ka.ke.ko.mi.jo.o.sha >
  硬衝上車

03 バス
<ba.su> 公車

旅遊會話我也會！

わたし： スカイツリー 行きのバスはここで いい ですか。
wa.ta.shi su.ka.i.tsu.ri.i yu.ki no ba.su wa ko.ko de i.i de.su ka

日本人： ええ。でも、それなら さっき 出たばかり①ですよ。
ni.ho.n.ji.n e.e de.mo so.re.na.ra sa.k.ki de.ta ba.ka.ri de.su yo

わたし： そうですか。次のバスはあと何分くらいで来ますか。
wa.ta.shi so.o de.su ka tsu.gi no ba.su wa a.to na.n.pu.n ku.ra.i de ki.ma.su ka

日本人： たぶん ３０分くらいだと思います。
ni.ho.n.ji.n ta.bu.n sa.n.ju.p.pu.n ku.ra.i da to o.mo.i.ma.su

わたし： 切符はどこで買えますか。
wa.ta.shi ki.p.pu wa do.ko de ka.e.ma.su ka

日本人： そこの バス乗り場 で売ってますけど②、
車内 でも買えますよ。
ni.ho.n.ji.n so.ko no ba.su no.ri.ba de u.t.te.ma.su ke.do sha.na.i de.mo ka.e.ma.su yo

わたし： そうですか。ありがとうございます。
wa.ta.shi so.o de.su ka a.ri.ga.to.o go.za.i.ma.su

中譯

我：　　往晴空塔的公車是在這裡對嗎？

日本人：是的。可是，那班車的話，剛走了喔。

我：　　是嗎？下一班車還要幾分鐘左右來呢？

日本人：我想大概三十分鐘左右吧。

我：　　在哪裡買得到車票呢？

日本人：在那裡的公車乘車處有賣，但也可以在車上買喔。

我：　　是嗎？謝謝您。

單字

1. スカイツリー ＜su.ka.i.tsu.ri.i＞ 5 名 晴空塔（東京熱門觀光景點）

2. いい ＜i.i＞ 1 イ形 好的

3. さっき ＜sa.k.ki＞ 1 名 剛才

4. たぶん ＜ta.bu.n＞ 1 名 大概

5. バス乗り場（の／ば） ＜ba.su.no.ri.ba＞ 3 名 公車乘車處

6. 車内（しゃない） ＜sha.na.i＞ 1 名 車內

這個句型超好用！

① ばかり

以「動詞た形＋ばかり」的形式出現，意為「剛才～；剛剛～」，表示一個動作完成後還沒有過多久。而且即使不是動作剛剛結束，也表示該說話者自己覺得時間並沒有過多久。

さっき日本（にほん）についたばかりです。
sa.k.ki ni.ho.n ni tsu.i.ta ba.ka.ri de.su
才剛到日本。

この切符（きっぷ）はさっき買（か）ったばかりです。
ko.no ki.p.pu wa sa.k.ki ka.t.ta ba.ka.ri de.su
這張票是剛才買的。

日本（にほん）に来（き）たばかりの頃（ころ）は、
日本語（にほんご）がぜんぜん話（はな）せませんでした。
ni.ho.n ni ki.ta ba.ka.ri no ko.ro wa
ni.ho.n.go ga ze.n.ze.n ha.na.se.ma.se.n.de.shi.ta
剛來日本的時候，完全不會說日文。

② けど

是「けれど」的通俗說法，意為「雖然～，但是～」。

お店（みせ）はそこにもありますけど、
駅前（えきまえ）のほうが安（やす）いですよ。
o mi.se wa so.ko ni mo a.ri.ma.su ke.do
e.ki.ma.e no ho.o ga ya.su.i de.su yo
雖然那裡也有店，但車站前面的會比較便宜喔。

電車（でんしゃ）でも行（い）けますけど、バスのほうが楽（らく）です。
de.n.sha de.mo i.ke.ma.su ke.do ba.su no ho.o ga ra.ku de.su
雖然電車也能到，但公車會比較輕鬆。

バスは便利（べんり）ですけど、降（お）りる場所（ばしょ）が分（わ）かりますか。
ba.su wa be.n.ri de.su ke.do o.ri.ru ba.sho ga wa.ka.ri.ma.su ka
雖然公車方便，但你知道下車的地方嗎？

交通（こうつう） 交通

STEP03

MP3 24

旅遊單字吃到飽！ 公車

- バス停（てい）
  < ba.su.te.e > 公車站
- 発車（はっしゃ）
  < ha.s.sha > 發車
- 停車（ていしゃ）
  < te.e.sha > 停車
- 乗車（じょうしゃ）
  < jo.o.sha > 上車
- 下車（げしゃ）
  < ge.sha > 下車
- 乗（の）る
  < no.ru > 上（車）；搭乘
- 降（お）りる
  < o.ri.ru > 下（車）
- 乗車券（じょうしゃけん）
  < jo.o.sha.ke.n > 車票
- PASMO（パスモ）
  < pa.su.mo >
  PASMO（在日本關東地區用來搭乘大眾運輸工具、類似台灣悠遊卡的儲值卡）
- Suica（スイカ）
  < su.i.ka > Suica（功能以及使用地點和 PASMO 一樣，唯發行業者與儲值金額不同）
- 運転手（うんてんしゅ）
  < u.n.te.n.shu > 司機
- ドライバー
  < do.ra.i.ba.a > 司機
- お釣（つ）り
  < o.tsu.ri > 找的零錢
- ブザー
  < bu.za.a > 警報器
- 遅（おく）れ
  < o.ku.re > 誤點

- リムジンバス
  < ri.mu.ji.n.ba.su >
  利木津巴士（主要是連接機場與附近大城市的交通工具）
- 高速（こうそく）バス
  < ko.o.so.ku.ba.su > 高速巴士
- 観光（かんこう）バス
  < ka.n.ko.o.ba.su > 觀光巴士
- 巡回（じゅんかい）バス
  < ju.n.ka.i.ba.su > 巡迴巴士
- 夜行（やこう）バス
  < ya.ko.o.ba.su > 夜間巴士

MP3 25

04 タクシー

< ta.ku.shi.i > 計程車

旅遊會話我也會！

運転手（うんてんしゅ）：　どちらまで？
u.n.te.n.shu　do.chi.ra ma.de

わたし：　横浜駅（よこはまえき）前（まえ）の東西（とうざい）ホテルまでお願（ねが）いします。
wa.ta.shi　yo.ko.ha.ma.e.ki.ma.e no to.o.za.i.ho.te.ru ma.de o ne.ga.i shi.ma.su

運転手（うんてんしゅ）：　かしこまりました。
u.n.te.n.shu　ka.shi.ko.ma.ri.ma.shi.ta

わたし：　そこまでだと①、だいたいいくらですか。
wa.ta.shi　so.ko ma.de da to da.i.ta.i i.ku.ra de.su ka

運転手（うんてんしゅ）：　だいたい4000円（よんせんえん）くらいだと思（おも）います②。
u.n.te.n.shu　da.i.ta.i yo.n.se.n.e.n ku.ra.i da to o.mo.i.ma.su

わたし：　じゃあ、お願（ねが）いします。
すみません、トランクを開（あ）けてください。
wa.ta.shi　ja.a o ne.ga.i shi.ma.su su.mi.ma.se.n to.ra.n.ku o a.ke.te ku.da.sa.i

運転手（うんてんしゅ）：　かしこまりました。
u.n.te.n.shu　ka.shi.ko.ma.ri.ma.shi.ta

交通（こうつう） 交通

STEP03

中譯

司機： 到哪裡？

我： 麻煩到橫濱車站前面的東西飯店。

司機： 好的。

我： 如果到那裡，大概多少錢呢？

司機： 我想大概四千日圓左右吧。

我： 那麼，麻煩你。不好意思，請打開後車廂。

司機： 好的。

單字

1. どちら < do.chi.ra > 1 名 哪裡，「どこ」 1 名 的禮貌說法

2. 前（まえ） < ma.e > 1 名 前面；之前

3. だいたい < da.i.ta.i > 0 副 大概；大部分

4. くらい < ku.ra.i > 副助 大約；左右

5. トランク < to.ra.n.ku > 2 名 行李箱；後車廂

6. 開（あ）けて < a.ke.te> 打開，原形為「開（あ）ける」 0 動

MP3 26

這個句型超好用！

と

意為「如果～，就～」，表示假定條件。

この道(みち)をまっすぐ行(い)くと、東京(とうきょう)タワーが見(み)えます。
ko.no mi.chi o ma.s.su.gu i.ku to to.o.kyo.o.ta.wa.a ga mi.e.ma.su
這條路一直走，就能看到東京鐵塔。

このボタンを押(お)すと、ドアが開(ひら)きます。
ko.no bo.ta.n o o.su to do.a ga hi.ra.ki.ma.su
按這個鈕，門就會開。

雨(あめ)になると、タクシーに乗(の)るお客(きゃく)さんが増(ふ)えます。
a.me ni na.ru to ta.ku.shi.i ni no.ru o kya.ku sa.n ga fu.e.ma.su
如果下起雨來，搭計程車的客人就會增加。

② と思(おも)います

意為「想～；覺得～」，表示該內容是說話者的主觀判斷或個人意見。「思(おも)う」（想）的主語只能是「わたし」（我），而不能是第三者。如果要以「（第三者）想～」當主語的話，要把「と思(おも)います」換成「と思(おも)っています」。

10分以内(じゅっぷんいない)でつくと思(おも)います。
ju.p.pu.n i.na.i de tsu.ku to o.mo.i.ma.su
我想十分鐘之內就會到。

どんなに待(ま)っても来(こ)ないと思(おも)います。
do.n.na.ni ma.t.te mo ko.na.i to o.mo.i.ma.su
我覺得再怎麼等也不會來。

今日(きょう)は道(みち)が混(こ)んでると思(おも)います。
kyo.o wa mi.chi ga ko.n.de.ru to o.mo.i.ma.su
我想今天路上會塞車。

- 車（くるま）
  < ku.ru.ma > 車
- 初乗り料金（はつのりりょうきん）
  < ha.tsu.no.ri ryo.o.ki.n >
  起跳價
- レンタカー
  < re.n.ta.ka.a > 租車
- 免許証（めんきょしょう）
  < me.n.kyo.sho.o > 駕照
- 保険（ほけん）
  < ho.ke.n > 保險
- ハンドル
  < ha.n.do.ru > 方向盤
- ブレーキ
  < bu.re.e.ki > 煞車

- エンジン
  < e.n.ji.n > 引擎；發動機
- タイヤ
  < ta.i.ya > 輪胎
- ドアミラー
  < do.a.mi.ra.a > 後照鏡
- バックミラー
  < ba.k.ku.mi.ra.a > 後照鏡
- ペダル
  < pe.da.ru > 踏板
- パンク
  < pa.n.ku > 爆胎
- トラック
  < to.ra.k.ku > 卡車
- 渋滞（じゅうたい）
  < ju.u.ta.i > 塞車
- 交通事故（こうつうじこ）
  < ko.o.tsu.u.ji.ko >
  交通事故；車禍
- 信号（しんごう）
  < shi.n.go.o >
  交通號誌；紅綠燈
- ガソリンスタンド
  < ga.so.ri.n.su.ta.n.do > 加油站
- 高速道路（こうそくどうろ）
  < ko.o.so.ku.do.o.ro >
  高速公路
- 道路標識（どうろひょうしき）
  < do.o.ro.hyo.o.shi.ki >
  道路標示
- 地下道（ちかどう）
  < chi.ka.do.o > 地下道

05 道（みち）をたずねる

< mi.chi o ta.zu.ne.ru > 問路

旅遊會話我也會！

わたし：　すみません、
浅草寺（せんそうじ）へ行（い）くのはこの道（みち）でいいですか。

wa.ta.shi　su.mi.ma.se.n
se.n.so.o.ji e i.ku no wa ko.no mi.chi de i.i de.su ka

日本人（にほんじん）：　いえ、この道（みち）じゃない①ですよ。

ni.ho.n.ji.n　i.e ko.no mi.chi ja na.i de.su yo

わたし：　えっ。

wa.ta.shi　e.t

日本人（にほんじん）：　その駅（えき）を右（みぎ）に曲（ま）がってから②、
２つ目（ふたつめ）の信号（しんごう）の左側（ひだりがわ）にあります。

ni.ho.n.ji.n　so.no e.ki o mi.gi ni ma.ga.t.te ka.ra
fu.ta.tsu.me no shi.n.go.o no hi.da.ri.ga.wa ni a.ri.ma.su

わたし：　すみません、
もう少（すこ）しゆっくり言（い）ってもらえますか。

wa.ta.shi　su.mi.ma.se.n
mo.o su.ko.shi yu.k.ku.ri i.t.te mo.ra.e.ma.su ka

MP3 27

STEP 03

日本人(にほんじん)：　ああ、ごめんなさい。
その駅(えき)を右(みぎ)に曲(ま)がってから、
２つ(ふた)目(め)の信号(しんごう)の左側(ひだりがわ)にあります。

ni.ho.n.ji.n　a.a go.me.n.na.sa.i
so.no e.ki o mi.gi ni ma.ga.t.te ka.ra
fu.ta.tsu.me no shi.n.go.o no hi.da.ri.ga.wa ni a.ri.ma.su

わたし：　わかりました。どうもありがとうございます。

wa.ta.shi　wa.ka.ri.ma.shi.ta do.o.mo a.ri.ga.to.o go.za.i.ma.su

中譯

我：　　請問，去淺草寺是這條路對嗎？

日本人：不，不是這條路喔。

我：　　欸？

日本人：那個車站右轉後，在第二個紅綠燈的左邊。

我：　　不好意思，可以說再慢點嗎？

日本人：啊，對不起。那個車站右轉後，在第二個紅綠燈的左邊。

我：　　知道了。非常謝謝您。

單字

1. 浅草寺（せんそうじ）< se.n.so.o.ji > 1 名 淺草寺
（位於東京台東區淺草的東京都內歷史最悠久的寺廟）

2. いえ < i.e > 2 感 不；不會

3. えっ < e.t > 1 感 咦；什麼（覺得驚訝的時候發出的聲音）

4. 右（みぎ）< mi.gi > 0 名 右；右邊

5. 左側（ひだりがわ）< hi.da.ri.ga.wa > 0 名 左側；左邊

6. ゆっくり < yu.k.ku.ri > 3 副 慢慢地

這個句型超好用！

❶ じゃない

「ではない」的口語説法，表示「不是～」。

ここはお寺(てら)じゃないです。
ko.ko wa o te.ra ja na.i de.su
這裡不是寺廟。

へんですね。この店(みせ)は寿司屋(すしや)じゃないです。
he.n de.su ne ko.no mi.se wa su.shi.ya ja na.i de.su
奇怪耶。這家店不是壽司店。

いえ、ここは浅草(あさくさ)じゃないですよ。
i.e ko.ko wa a.sa.ku.sa ja na.i de.su yo
不，這裡不是淺草喔。

❷ てから

意為「～然後；～以後」，以「A てから B」的形式，表示 A 比 B 先進行。

そこの信号を右に曲がってから、
まっすぐ行ってください。
so.ko no shi.n.go.o o mi.gi ni ma.ga.t.te ka.ra
ma.s.su.gu i.t.te ku.da.sa.i
請在那裡的紅綠燈右轉之後直走。

まず電車で東京駅まで行ってから、
バスに乗り換えます。
ma.zu de.n.sha de to.o.kyo.o.e.ki ma.de i.t.te ka.ra
ba.su ni no.ri.ka.e.ma.su
首先搭電車到東京車站，然後換搭公車。

駅についてから、電話してください。
e.ki ni tsu.i.te ka.ra de.n.wa.shi.te ku.da.sa.i
到了車站之後，請打電話給我。

MP3 28

● 右（みぎ）
< mi.gi > 右

● 左（ひだり）
< hi.da.ri > 左

● 横（よこ）
< yo.ko > 旁邊

● 前（まえ）
< ma.e > 前面

● 後ろ（うしろ）
< u.shi.ro > 後面

● 上（うえ）
< u.e > 上

● 下（した）
< shi.ta > 下

● まっすぐ
< ma.s.su.gu > 直直地

● 角（かど）
< ka.do > 角落；轉角

● となり
< to.na.ri > 隔壁

● 歩道橋（ほどうきょう）
< ho.do.o.kyo.o > 天橋

● 交差点（こうさてん）
< ko.o.sa.te.n > 十字路口

● 歩道（ほどう）
< ho.do.o > 人行道

● 横断歩道（おうだんほどう）
< o.o.da.n.ho.do.o >
行人穿越道；斑馬線

● 通り（とおり）
< to.o.ri > 馬路

● 大通り（おおどおり）
< o.o.do.o.ri > 大馬路

● 街灯（がいとう）
< ga.i.to.o > 路燈

● オフィス街（がい）
< o.fi.su.ga.i > 商業街

● 商店街（しょうてんがい）
< sho.o.te.n.ga.i > 商店街

● 迷子（まいご）
<ma.i.go>迷路、走失的孩子

體驗日本計程車如何？

說到日本計程車的特徵，首先讓台灣人覺得特別的，就是自動開啟的車門吧。日本的計程車司機會在確認後座乘客安全無虞之後，才打開車門讓乘客上下車，因此很多來自外地的旅客以為日本的計程車會自動開門，但其實都是司機手動操控的。除此之外，日本計程車的顏色也不同，像台灣或美國一律都是黃色車廂，但日本會隨著車輛所屬公司之不同而有各種獨特的色彩展現喔。

另外，如果你想要招喚「**空車**（くうしゃ）」（空車），請務必注意計程車上的車頂燈，車燈亮時表示該車為空車、可搭載乘客。到日本觀光地區旅遊時，搭乘觀光計程車前往具代表性的景點巡禮，的確十分方便。雖然車資不少，但只要多人共乘，便能享受一趟既划算又方便的旅程，而且重點是可減少時間的浪費。

最後，你也應該知道，對台灣人來說，坐計程車可能是很普通的一件事，但在日本並非如此。因為日本計程車的起跳金額比起台灣偏高，而且也會因所處地區之不同而大相逕庭，例如東京二十三區的起跳車資就高達七百一十日圓，另外，晚上十點到隔天早上五點為止是以夜間車資計算，金額需要再加二成，所以儘管每一部計程車都設置有車資計算錶，金額一目瞭然，但跳錶的同時也會讓你的心臟一起跳（笑）。這裡提供一個讓你知道日本計程車車資的查詢網站；http://www.taxisite.com/。雖然網站裡全都是日文，但內容並不難，可以點選「從車站查詢」、「從景點查詢」或「從地址查詢」等選項，點進去之後就會出現車資，有興趣的人點進去看看吧。

Memo

ホテル ho.te.ru 飯店

STEP04

1 ▶ 宿泊(しゅくはく)手続(てつづ)き　住宿手續

2 ▶ ルームサービス　客房服務

3 ▶ ホテルの朝食(ちょうしょく)　飯店早餐

4 ▶ ホテル内(ない)のトラブル　飯店內糾紛

5 ▶ チェックアウト　退房

01 宿泊手続き

< shu.ku.ha.ku.te.tsu.zu.ki > 住宿手續

旅遊會話我也會！

わたし：　チェックインをお願いします①。
wa.ta.shi　che.k.ku.i.n o o ne.ga.i shi.ma.su

フロント：お名前をどうぞ。
fu.ro.n.to　o na.ma.e o do.o.zo

わたし：　陳秀玲です。
wa.ta.shi　chi.n shu.u.re.e de.su

フロント：かしこまりました。
こちらの宿泊カードにご記入ください。
fu.ro.n.to　ka.shi.ko.ma.ri.ma.shi.ta
ko.chi.ra no shu.ku.ha.ku.ka.a.do ni go ki.nyu.u ku.da.sa.i

わたし：　中国語でもいいです②か。
wa.ta.shi　chu.u.go.ku.go de.mo i.i de.su ka

フロント：はい。お客様のお部屋は６３８号室でございます。
fu.ro.n.to　ha.i o kya.ku sa.ma no o he.ya wa ro.ku.sa.n.ha.chi.go.o.shi.tsu de go.za.i.ma.su

わたし：　どうも。
wa.ta.shi　do.o.mo

中譯

我：　麻煩辦理住宿手續。

櫃台：　請給我大名。

我：　陳秀玲。

櫃台：　好的。請您填寫一下這裡的住宿登記表。

我：　用中文也可以嗎？

櫃台：　可以的。客人您的房間是638號房。

我：　謝謝。

單字

1. チェックイン <che.k.ku.i.n> 4 名 辦理住宿登記手續；Check-In

2. フロント <fu.ro.n.to> 0 名 櫃台

3. お名前（なまえ） <o na.ma.e>（您的）大名，禮貌語「お」+「名前（なまえ）」0 名

4. 宿泊（しゅくはく）カード <shu.ku.ha.ku.ka.a.do> 5 名 住宿登記表；住宿卡

5. ご記入（きにゅう） <go ki.nyu.u>（您來）填寫，禮貌語「ご」+「記入（きにゅう）」0 名

6. お部屋（へや） <o he.ya>（您的）房間，禮貌語「お」+「部屋（へや）」2 名

這個句型超好用！

① をお願（ねが）いします

意為「麻煩您～」。

館内（かんない）の案内（あんない）をお願（ねが）いします。
ka.n.na.i no a.n.na.i o o ne.ga.i shi.ma.su
麻煩您做館內的導覽。

食事（しょくじ）の準備（じゅんび）をお願（ねが）いします。
sho.ku.ji no ju.n.bi o o ne.ga.i shi.ma.su
麻煩您做用餐的準備。

タクシーの手配（てはい）をお願（ねが）いします。
ta.ku.shi.i no te.ha.i o o ne.ga.i shi.ma.su
麻煩安排計程車。

MP3 30

STEP 04

❷ でもいいです

意為「也可以；也沒關係」，表示讓步，即說話者認為該事或該物雖然不是最佳的，但妥協一下，這樣也可以的意思。當前面接續 名 或 ナ形 時，是用「でもいいです」；但如果前面是 イ形 的話，會變成「てもいいです」。

今(いま)だめなら、後(あと)でもいいです。
i.ma da.me na.ra a.to de.mo i.i de.su
現在不行的話，晚一點也沒關係。

現金(げんきん)がなければ、カードでもいいです。
ge.n.ki.n ga na.ke.re.ba ka.a.do de.mo i.i de.su
沒有現金的話，用信用卡也可以。

畳(たたみ)の部屋(へや)がなければ、洋室(ようしつ)でもいいです。
ta.ta.mi no he.ya ga na.ke.re.ba yo.o.shi.tsu de.mo i.i de.su
沒有榻榻米的房間的話，西式房也可以。

ホテル 飯店

STEP04

MP3 30

- ホテル < ho.te.ru > 飯店
- 旅館（りょかん）
  < ryo.ka.n >（日式）旅館
- 民宿（みんしゅく） < mi.n.shu.ku > 民宿
- 和室（わしつ）
  < wa.shi.tsu > 和室；日式房
- 洋室（ようしつ）
  < yo.o.shi.tsu > 洋室；西式房
- 満室（まんしつ） < ma.n.shi.tsu > 客滿
- 空室（くうしつ） < ku.u.shi.tsu > 空房間
- 朝食券（ちょうしょくけん）
  < cho.o.sho.ku.ke.n > 早餐券
- 浴衣（ゆかた） < yu.ka.ta > 浴衣
- 帯（おび） <o.bi>（綁和服的）帶子
- ベッド
  < be.d.do > 床
- タオル
  < ta.o.ru > 毛巾

- シングル
  < shi.n.gu.ru >
  單人床（房間）；單人房
- ダブル
  < da.bu.ru >
  雙人床（房間）；雙人房
- セミダブル
  < se.mi.da.bu.ru >
  比雙人床再小一點的床（房間）；雙人房
- ツイン
  < tsu.i.n >
  二張單人床（房間）；雙人房
- 布団（ふとん）
  < fu.to.n > 棉被
- シーツ
  < shi.i.tsu > 床單
- 枕（まくら）
  < ma.ku.ra > 枕頭
- キー
  < ki.i >
  鑰匙，也可以說「鍵（かぎ）」

02 ルームサービス

< ru.u.mu.sa.a.bi.su > 客房服務

旅遊會話我也會！

客室係（きゃくしつがかり）：（ノックする）
kya.ku.shi.tsu.ga.ka.ri　no.k.ku.su.ru

わたし：はい。
wa.ta.shi　ha.i

客室係（きゃくしつがかり）：客室係（きゃくしつがかり）でございます。
ミックスサンドとワインをお持（も）ちしました。
kya.ku.shi.tsu.ga.ka.ri　kya.ku.shi.tsu.ga.ka.ri de go.za.i.ma.su
mi.k.ku.su.sa.n.do to wa.i.n o o mo.chi shi.ma.shi.ta

わたし：（ドア を開（あ）ける）どうぞ。
wa.ta.shi　do.a o a.ke.ru do.o.zo

客室係（きゃくしつがかり）：失礼（しつれい）いたします。
kya.ku.shi.tsu.ga.ka.ri　shi.tsu.re.e i.ta.shi.ma.su

わたし：食（た）べ終（お）わった① 食器（しょっき） はどうしたらいいですか。
wa.ta.shi　ta.be.o.wa.t.ta sho.k.ki wa do.o.shi.ta.ra i.i de.su ka

客室係（きゃくしつがかり）：廊下（ろうか） に 置（お）いておいて②ください。
kya.ku.shi.tsu.ga.ka.ri　ro.o.ka ni o.i.te o.i.te ku.da.sa.i

中譯

客房服務員：　（敲門）

我：　是。

客房服務員：　我是客房服務員。送來總匯三明治與葡萄酒。

我：　（打開門）請。

客房服務員：　打擾您。

我：　吃完的餐具如何處理好呢？

客房服務員：　請您先放在走廊。

單字

1. 客室係（きゃくしつがかり）< kya.ku.shi.tsu.ga.ka.ri > 5 名 客房服務員
2. ノックする < no.k.ku.su.ru > 1 動 敲門
3. ドア < do.a > 1 名 門
4. 食器（しょっき）< sho.k.ki > 0 名 餐具
5. 廊下（ろうか）< ro.o.ka > 0 名 走廊
6. 置（お）いて < o.i.te > 放置，原形為「置（お）く」0 動

STEP 04

這個句型超好用！

① 動詞「ます形」＋終（お）わる（複合動詞）

意為「～完了」，表示動作的結束或完成。

もう話（はな）し終（お）わりました。
mo.o ha.na.shi.o.wa.ri.ma.shi.ta
已經聊完了。

この小説（しょうせつ）は半日（はんにち）で読（よ）み終（お）わりました。
ko.no sho.o.se.tsu wa ha.n.ni.chi de yo.mi.o.wa.ri.ma.shi.ta
這本小說花半天讀完了。

飲（の）み終（お）わった空（あ）き缶（かん）はごみ箱（ばこ）に入（い）れてください。
no.mi.o.wa.t.ta a.ki.ka.n wa go.mi.ba.ko ni i.re.te ku.da.sa.i
喝完的空罐，請放入垃圾桶內。

❷ ておいて

意為「事先做好」，表示採取某種行為並使其狀態持續下去。

ビールを冷(ひ)やしておいてください。

bi.i.ru o hi.ya.shi.te o.i.te ku.da.sa.i

請先把啤酒冰好。

部屋(へや)のかぎは、きちんと閉(し)めておきます。

he.ya no ka.gi wa ki.chi.n.to shi.me.te o.ki.ma.su

房間的鑰匙，要好好上鎖。

布団(ふとん)を敷(し)いておきました。

fu.to.n o shi.i.te o.ki.ma.shi.ta

已經鋪好了棉被。

MP3 32

● ランドリーサービス
< ra.n.do.ri.i sa.a.bi.su >
洗衣服務

● モーニングコール
< mo.o.ni.n.gu.ko.o.ru >
Morning Call；早上叫醒服務

● ロビー
< ro.bi.i > 大廳

● プール
< pu.u.ru > 游泳池

● ジム
< ji.mu > 健身房

● レストラン
< re.su.to.ra.n > 餐廳

● 食堂（しょくどう）
< sho.ku.do.o > 食堂

● ビジネスセンター
< bi.ji.ne.su.se.n.ta.a >
商務中心

● 会議室（かいぎしつ）
< ka.i.gi.shi.tsu > 會議室

● バー
< ba.a > 酒吧

● ギフトショップ
< gi.fu.to.sho.p.pu > 禮品店

● スパ
< su.pa > 紓壓療程

● インターネット
< i.n.ta.a.ne.t.to > 網際網路

● お風呂（ふろ）
< o fu.ro > 澡堂

● 大衆浴場（たいしゅうよくじょう）
< ta.i.shu.u.yo.ku.jo.o >
大眾浴池

● 卓球場（たっきゅうじょう）
< ta.k.kyu.u.jo.o > 乒乓球場

● 喫茶店（きっさてん）
< ki.s.sa.te.n > 咖啡廳

● 喫煙（きつえん）ルーム
< ki.tsu.e.n.ru.u.mu > 吸菸室

● カラオケ
< ka.ra.o.ke > 卡拉 OK

● 自動販売機（じどうはんばいき）
< ji.do.o.ha.n.ba.i.ki >
自動販賣機

03 ホテルの朝食（ちょうしょく）

< ho.te.ru no cho.o.sho.ku > 飯店早餐

旅遊會話我也會！

スタッフ： おはようございます。
朝食券（ちょうしょくけん）をお願（ねが）いいたします。

su.ta.f.fu　o.ha.yo.o go.za.i.ma.su
cho.o.sho.ku.ke.n o o ne.ga.i i.ta.shi.ma.su

わたし： （朝食券（ちょうしょくけん）を 渡（わた）す ）

wa.ta.shi　cho.o.sho.ku.ke.n o wa.ta.su

スタッフ： こちらへどうぞ。
料理（りょうり） はすべて① 食（た）べ放題（ほうだい） ②でございます。

su.ta.f.fu　ko.chi.ra e do.o.zo
ryo.o.ri wa su.be.te ta.be.ho.o.da.i de go.za.i.ma.su

わたし： （うなずく）

wa.ta.shi　u.na.zu.ku

スタッフ：　コーヒー か お茶(ちゃ) をお持(も)ちしましょうか。
su.ta.f.fu　ko.o.hi.i ka o cha o o mo.chi shi.ma.sho.o ka

わたし：　じゃ、コーヒーをお願(ねが)いします。
wa.ta.shi　ja ko.o.hi.i o o ne.ga.i shi.ma.su

スタッフ：　かしこまりました。
su.ta.f.fu　ka.shi.ko.ma.ri.ma.shi.ta

ホテル 飯店

STEP04

中譯

員工：　早安。麻煩您給我早餐券。

我：　（遞交早餐券）

員工：　這邊請。料理全部都是吃到飽。

我：　（點頭）

員工：　需要給您送上咖啡或茶嗎？

我：　那麼，麻煩給我咖啡。

員工：　好的。

單字

1. 渡（わた）す < wa.ta.su > 0 動 遞；交

2. 料理（りょうり） < ryo.o.ri > 1 名 料理

3. 食（た）べ放題（ほうだい） < ta.be.ho.o.da.i > 3 名 吃到飽

4. うなずく < u.na.zu.ku > 0 3 動 點頭

5. コーヒー < ko.o.hi.i > 3 名 咖啡

6. お茶（ちゃ） < o cha> 0 名 茶

STEP 04

這個句型超好用！

❶ すべて

意為「全部；一切；通通；一整個」，也可以說成「全部(ぜんぶ)」、「みんな」。

すべておまかせします。
su.be.te o ma.ka.se shi.ma.su
一切交給你。

すべておいしかったです。
su.be.te o.i.shi.ka.t.ta de.su
通通都好吃。

ここの料理(りょうり)はすべてシェフの手作(てづく)りです。
ko.ko no ryo.o.ri wa su.be.te she.fu no te.zu.ku.ri de.su
這裡的料理全部都是主廚的手工菜。

❷ 動詞「ます形」+ 放題（ほうだい）

意為「隨便；自由；毫無限制」。

この居酒屋（いざかや）はビールもサワーも飲（の）み放題（ほうだい）です。
ko.no i.za.ka.ya wa bi.i.ru mo sa.wa.a mo no.mi.ho.o.da.i de.su
這家居酒屋不管是啤酒或沙瓦都是喝到飽。

サラダは取（と）り放題（ほうだい）ですから、どんどん食（た）べてください。
sa.ra.da wa to.ri.ho.o.da.i de.su ka.ra do.n.do.n ta.be.te ku.da.sa.i
因為沙拉可以隨便拿，請盡量吃。

この券（けん）があれば、電車（でんしゃ）もバスも乗（の）り放題（ほうだい）です。
ko.no ke.n ga a.re.ba de.n.sha mo ba.su mo no.ri.ho.o.da.i de.su
有了這張券，不管是電車或公車都可隨便坐。

- わしょく
  和食
  < wa.sho.ku >
  和食；日式料理

- ようしょく
  洋食
  < yo.o.sho.ku >
  洋食；和式西洋料理

- はん
  ご飯
  < go.ha.n > 白飯

- み そ しる
  味噌汁
  < mi.so.shi.ru > 味噌湯

- **おかゆ**
  < o.ka.yu > 粥

- **パン**
  < pa.n > 麵包

- **トースター**
  < to.o.su.ta.a > 烤麵包機

- めだまや
  目玉焼き
  < me.da.ma.ya.ki> 荷包蛋

- **はし**
  < ha.shi > 筷子

- **ナイフ**
  < na.i.fu > 刀子

- **フォーク**
  < fo.o.ku > 叉子

- **スプーン**
  < su.pu.u.n > 湯匙

- **コップ**
  < ko.p.pu > 杯子

- ちゃわん
  茶碗
  < cha.wa.n > 飯碗

- さら
  お皿
  < o sa.ra > 盤子

- こ ざら
  小皿
  < ko.za.ra > 小碟子

- **ナプキン**
  < na.pu.ki.n > 紙巾

- **おぼん**
  < o.bo.n > 托盤

- ゆ の
  湯呑み
  < yu.no.mi > 茶杯

- **つまようじ**
  < tsu.ma.yo.o.ji > 牙籤

04 ホテル内(ない)のトラブル

< ho.te.ru na.i no to.ra.bu.ru > 飯店內糾紛

旅遊會話我也會！

フロント：　はい、フロントでございます。
fu.ro.n.to　ha.i fu.ro.n.to de go.za.i.ma.su

わたし：　６３８号室(ろくさんはちごうしつ)の陳(ちん)です。
お湯(ゆ)が出(で)ないんですが……。
wa.ta.shi　ro.ku.sa.n.ha.chi.go.o.shi.tsu no chi.n de.su
o yu ga de.na.i n de.su ga

フロント：　失礼(しつれい)いたしました。
ただいま係(かかり)の者(もの)を修理(しゅうり)に伺(うかが)わせます。
fu.ro.n.to　shi.tsu.re.e.i.ta.shi.ma.shi.ta
ta.da.i.ma ka.ka.ri no mo.no o shu.u.ri ni u.ka.ga.wa.se.ma.su

わたし：　あっ、それと① トイレットペーパーがありません。
wa.ta.shi　a.t so.re.to to.i.re.t.to.pe.e.pa.a ga a.ri.ma.se.n

フロント：　たいへん②申（もう）しわけございません。
ただいまお持（も）ちします。

fu.ro.n.to　ta.i.he.n mo.o.shi.wa.ke go.za.i.ma.se.n
ta.da.i.ma o mo.chi shi.ma.su

わたし：　それから、となりの部屋（へや）がうるさいんですが……。

wa.ta.shi　so.re.ka.ra to.na.ri no he.ya ga u.ru.sa.i n de.su ga

フロント：　今（いま）、マネージャーを呼（よ）びますので、
少々（しょうしょう）お待（ま）ちください。

fu.ro.n.to　i.ma. ma.ne.e.ja.a o yo.bi.ma.su no.de
sho.o.sho.o o ma.chi ku.da.sa.i

中譯

櫃台：　喂，這裡是櫃台。

我：　我是638號房，姓陳。熱水出不來⋯⋯。

櫃台：　抱歉。立刻叫負責的人去修理。

我：　啊，還有，沒有衛生紙。

櫃台：　非常抱歉。立刻送過去。

我：　還有，隔壁的房間很吵⋯⋯。

櫃台：　我現在叫經理，所以請稍等。

單字

1. お湯（ゆ） < o yu > 熱水，禮貌語「お」＋「湯（ゆ）」 1 名

2. 出（で）ない < de.na.i > 不出來，原形為「出（で）る」 1 動

3. 修理（しゅうり） < shu.u.ri > 1 名 修理

4. あっ < a.t > 1 感 啊

5. トイレットペーパー < to.i.re.t.to.pe.e.pa.a > 6 名 衛生紙

6. マネージャー < ma.ne.e.ja.a > 2 0 名 經理；經紀人

STEP 04

這個句型超好用！

❶ それと

出現在句子或段落的開頭，用於想起必要的事情而認為必須進行補充時。意為「還有；另外；除此之外」。

もうそれだけで十分（じゅうぶん）です。
あっ、それと飲（の）み物（もの）もお願（ねが）いします。
mo.o so.re da.ke de ju.u.bu.n de.su
a.t so.re.to no.mi.mo.no mo o ne.ga.i shi.ma.su
那樣已經夠了。啊，還有飲料也拜託你。

分（わ）かりました。
そうだ、それとここも故障（こしょう）してるんですが……。
wa.ka.ri.ma.shi.ta
so.o.da so.re.to ko.ko mo ko.sho.o.shi.te.ru n de.su ga
知道了。對了，還有這裡也故障……。

テレビが映（うつ）らないんです。
それとドライヤーも調子（ちょうし）が悪（わる）いです。
te.re.bi ga u.tsu.ra.na.i n de.su
so.re.to do.ra.i.ya.a mo cho.o.shi ga wa.ru.i de.su
電視無法出現畫面。還有吹風機也狀況不好。

❷ たいへん

意為「非常；很；太」，口語說法為「すごく」，口語的強調說法為「すっごく」，但一般從事服務業的人都會用「たいへん」，因為給人家感覺較有禮貌。

たいへん失礼（しつれい）いたしました。
ta.i.he.n shi.tsu.re.e.i.ta.shi.ma.shi.ta
太失禮了。

たいへんおじゃましました。
ta.i.he.n o ja.ma.shi.ma.shi.ta
太打擾了。

たいへんお世話（せわ）になりました。
ta.i.he.n o se.wa ni na.ri.ma.shi.ta
承蒙您萬般的關照。

- トラブル
  < to.ra.bu.ru > 糾紛；麻煩
- 故障（こしょう）
  < ko.sho.o > 故障
- エアコン
  < e.a.ko.n > 空調
- テレビ
  < te.re.bi > 電視

- リモコン
  < ri.mo.ko.n > 遙控器
- 電話（でんわ）
  < de.n.wa > 電話
- 水道（すいどう）
  < su.i.do.o > 自來水
- トイレ
  < to.i.re > 洗手間；廁所
- シャワー
  < sha.wa.a > 淋浴
- 蛇口（じゃぐち）
  < ja.gu.chi > 水龍頭
- ドライヤー
  < do.ra.i.ya.a > 吹風機
- アイロン < a.i.ro.n > 熨斗
- ポット
  < po.t.to > 熱水瓶
- 電気（でんき）ケトル
  < de.n.ki.ke.to.ru > 快煮壺
- 冷蔵庫（れいぞうこ）
  < re.e.zo.o.ko > 冰箱
- コンセント
  < ko.n.se.n.to > 插座
- 金庫（きんこ）
  < ki.n.ko > 保險庫
- セーフティーボックス
  < se.e.fu.ti.i.bo.k.ku.su >
  金庫；保險櫃
- 貴重品（きちょうひん）
  < ki.cho.o.hi.n > 貴重物品
- 非常口（ひじょうぐち）
  < hi.jo.o.gu.chi >
  安全門；緊急出口

05 チェックアウト

< che.k.ku.a.u.to > 退房

旅遊會話我也會！

わたし： チェックアウトをお願（ねが）いします。
wa.ta.shi　che.k.ku.a.u.to o o ne.ga.i shi.ma.su

フロント： お支払（しはら）いはどのようになさいますか。
fu.ro.n.to　o shi.ha.ra.i wa do.no yo.o ni na.sa.i.ma.su ka

わたし： カードで。
wa.ta.shi　ka.a.do de

フロント： かしこまりました。
こちらが明細書（めいさいしょ）です。ご確認（かくにん）ください。
fu.ro.n.to　ka.shi.ko.ma.ri.ma.shi.ta
ko.chi.ra ga me.e.sa.i.sho de.su go ka.ku.ni.n ku.da.sa.i

わたし： これは何（なん）の料金（りょうきん）ですか。
まさかワインのお金（かね）じゃないでしょう①ね。
wa.ta.shi　ko.re wa na.n no ryo.o.ki.n de.su ka
ma.sa.ka wa.i.n no o ka.ne ja na.i de.sho.o ne

フロント：　電話(でんわ)です。
海外(かいがい)におかけになりましたか。

fu.ro.n.to　de.n.wa de.su
ka.i.ga.i ni o ka.ke ni na.ri.ma.shi.ta ka

わたし：　ああ②、思(おも)い出(だ)しました。かけました。

wa.ta.shi　a.a o.mo.i.da.shi.ma.shi.ta ka.ke.ma.shi.ta

ホテル 飯店

STEP04

中譯

我：　麻煩辦理退房。

櫃台：　您要怎麼付費呢？

我：　刷卡。

櫃台：　好的。這是明細表。請您確認。

我：　這是什麼費用呢？不會是葡萄酒的錢吧。

櫃台：　是電話。您打到國外了嗎？

我：　啊，想起來了。我有打過。

MP3 37

單字

1. チェックアウト < che.k.ku.a.u.to > 4 名 退房

2. 支払（しはら）い < shi.ha.ra.i > 0 名 付錢；付費

3. カード < ka.a.do > 1 名 信用卡，
「クレジットカード」< ku.re.ji.t.to.ka.a.do > 6 名 的簡稱

4. 明細書（めいさいしょ） < me.e.sa.i.sho > 0 名 明細表

5. 確認（かくにん） < ka.ku.ni.n > 0 名 確認

6. 思（おも）い出（だ）しました < o.mo.i.da.shi.ma.shi.ta > 想起來了，
原形為「思（おも）い出（だ）す」4 動

STEP 04

這個句型超好用！

① まさか～ないでしょう

意為「不會～；怎麼會～；難道會～」，表示那種事實際上不會發生，且不應該發生的否定態度。

まさかそんなはずはないでしょう。
ma.sa.ka so.n.na ha.zu wa na.i de.sho.o
應該不會有那種事。

まさかカードが使（つか）えないことはないでしょう。
ma.sa.ka ka.a.do ga tsu.ka.e.na.i ko.to wa na.i de.sho.o
難道不能用信用卡。

まさか迎（むか）えの車（くるま）が来（こ）ないということはないでしょう。
ma.sa.ka mu.ka.e no ku.ru.ma ga ko.na.i to i.u ko.to wa na.i de.sho.o
難道有接駁車不來這種事。

② ああ

表示因驚訝、喜悅、悲哀、感嘆等而發出的聲音。類似中文的「嗚呼；啊；唉；呀」的感覺。

ああ、ほんとうによかった。
a.a ho.n.to.o ni yo.ka.t.ta
啊，真的太好了。

ああ、どうしよう。
a.a do.o shi.yo.o
啊，怎麼辦。

ああ、そうでした。
a.a so.o de.shi.ta
啊，對了。

MP3 38

- 現金（げんきん） < ge.n.ki.n > 現金
- キャッシュ
  < kya.s.shu >
  現金，「現金（げんきん）」的外來語說法
- 宿泊費（しゅくはくひ）
  < shu.ku.ha.ku.hi > 住宿費
- 飲食代（いんしょくだい）
  < i.n.sho.ku.da.i > 用餐費
- 電話代（でんわだい）
  < de.n.wa.da.i > 電話費
- サービス料（りょう）
  < sa.a.bi.su.ryo.o > 服務費
- 税金（ぜいきん） < ze.e.ki.n > 稅金
- 合計（ごうけい） < go.o.ke.e > 合計
- 市内電話（しないでんわ）
  < shi.na.i.de.n.wa > 市內電話
- 市外電話（しがいでんわ）
  < shi.ga.i.de.n.wa > 長途電話
- 国際電話（こくさいでんわ）
  < ko.ku.sa.i.de.n.wa >
  國際電話
- チップ < chi.p.pu > 小費
- 領収書（りょうしゅうしょ）
  < ryo.o.shu.u.sho > 收據
- クレジットカード
  < ku.re.ji.t.to.ka.a.do > 信用卡
- サイン < sa.i.n > 簽名
- 会計（かいけい） < ka.i.ke.e > 會計
- ベルボーイ
  < be.ru.bo.o.i > 行李員；門房
- ポーター
  < po.o.ta.a >
  行李員，專門提行李的服務員
- コンシェルジュ
  < ko.n.she.ru.ju >
  飯店的接待人員、禮賓員
- 支配人（しはいにん）
  < shi.ha.i.ni.n >
  （飯店）負責人

在飯店的費用

你覺得在日本需要給小費嗎？答案是不需要，因為通常日本的飯店都把「**サービス料**」（服務費，基本上相對總金額的百分之十）包含在內。當你退房時記得看一下明細表吧，應該會有這費用在內。其他也許還會有「**アーリーチェックイン**」（早一點進房）、「**レイトチェックアウト**」（晚一點退房）、「**キャンセルチャージ**」（取消費）、「**取消料**」（取消費）、「**冷蔵庫内のドリンク代**」（冰箱裡的飲料費）、「**電話料金**」（電話費）這些視需求而產生的費用，但是一旦發現帳單裡面出現沒有印象的費用在內時，記得要問「**これは何の料金ですか**」（這是什麼的費用呢），免得付了不該付的。

另外，有關在飯店內使用電話的費用，由於不同的飯店收費標準不盡相同，所以打的時候要特別注意時間。一般說來，如果只是打電話回台灣和家人報平安，講話時間只有一、二分鐘，那麼價格大約落在一百到四百日圓之間，我想應該是可以接受的範圍吧。再說，在日本買一張電話卡就要一千日圓，其實用電話卡打公共電話的費用並不會比在飯店裡面省多少，所以建議用房間的電話打就好。更何況，電話卡一次就要花一千日圓買一張，如果不常去日本根本用不完，不是很可惜嗎？而且，最主要的是在房間打真的很方便。

如果你想從日本打電話回台灣的話，撥打 001（國際碼）+010+886（台灣國碼）+ 區域號碼（去除前面一個 0）+ 對方電話號碼即可。例如台灣的台北的電話號碼是 02-0000-1212 的話，就打 001-010-886-2-0000-1212。另外手機的話，如中華電信、台灣大哥大、遠傳電信等，只需跟電信業者提出申請，就可在日本漫遊，有日本電信支援即可使用，但費用高，撥打及接聽者都必須付費。

Memo

観光（かんこう） ka.n.ko.o 觀光

STEP05

1 ▶ 写真（しゃしん）を撮（と）る 拍照

2 ▶ 記念品（きねんひん）を買（か）う 買紀念品

3 ▶ 花見（はなみ） 賞櫻花

4 ▶ もみじ狩（が）り 賞楓

5 ▶ 神社（じんじゃ）とお寺（てら） 神社與寺廟

6 ▶ お祭（まつ）り 祭典

7 ▶ 花火大会（はなびたいかい） 煙火節

8 ▶ 温泉（おんせん） 溫泉

9 ▶ テーマパーク 主題樂園

10 ▶ 美術館（びじゅつかん） 美術館

11 ▶ 身（み）の回（まわ）り品（ひん）をなくす 遺失隨身物品

観光（かんこう） 觀光

STEP05

01 写真（しゃしん）を撮（と）る

< sha.shi.n o to.ru > 拍照

旅遊會話我也會！

わたし：　すみません、写真（しゃしん）を撮（と）ってもらえますか。
wa.ta.shi　su.mi.ma.se.n sha.shi.n o to.t.te mo.ra.e.ma.su ka

日本人（にほんじん）：　ええ、いいですよ。
ni.ho.n.ji.n　e.e i.i de.su yo

わたし：　ここを押（お）してください。
wa.ta.shi　ko.ko o o.shi.te ku.da.sa.i

日本人（にほんじん）：　東京（とうきょう）タワーを全部（ぜんぶ）入（い）れたほうがいい①ですか。
ni.ho.n.ji.n　to.o.kyo.o.ta.wa.a o ze.n.bu i.re.ta ho.o ga i.i de.su ka

わたし：　できれば②。
wa.ta.shi　de.ki.re.ba

日本人（にほんじん）：　もう少（すこ）し後（うし）ろに下（さ）がってください。はい、チーズ。
ni.ho.n.ji.n　mo.o su.ko.shi u.shi.ro ni sa.ga.t.te ku.da.sa.i ha.i chi.i.zu

わたし：　（微笑（ほほえ）む）
wa.ta.shi　ho.ho.e.mu

MP3 39

中譯

我：　　不好意思，可以幫我們拍照嗎？

日本人：好，可以啊。

我：　　請按這裡。

日本人：把東京鐵塔全部拍進來更好嗎？

我：　　可以的話。

日本人：請再往後退一點。來，笑一個。

我：　　（微笑）

單字

1. 写真（しゃしん）< sha.shi.n > 0 名 照相；相片

2. 撮（と）って < to.t.te > 拍照；攝影，原形為「撮（と）る」1 動

3. 押（お）して < o.shi.te > 按；推，原形為「押（お）す」0 動

4. 東京（とうきょう）タワー < to.o.kyo.o.ta.wa.a > 5 名 東京鐵塔

5. 入（い）れた < i.re.ta > 進入，原形為「入（い）れる」0 動

6. 下（さ）がって < sa.ga.t.te > 往後退；退步，原形為「下（さ）がる」2 動

這個句型超好用！

① たほうがいい

意為「（比起來）～更好；還是～最好」，用於說話者向聽話者提出自己的想法，認為某件事或物比較好時。

もっと前に来たほうがいいですよ。
mo.t.to ma.e ni ki.ta ho.o ga i.i de.su yo
再往前一點會更好喔。

フラッシュをたいたほうがいいです。
fu.ra.s.shu o ta.i.ta ho.o ga i.i de.su
最好用閃光燈。

広角レンズを使ったほうがいいですか。
ko.o.ka.ku re.n.zu o tsu.ka.t.ta ho.o ga i.i de.su ka
用廣角鏡頭會更好嗎？

② できれば

意為「可以的話」，也可以單獨使用，如果想說得更清楚些，後半句可以補充說明。

できれば、そうしてください。
de.ki.re.ba so.o shi.te ku.da.sa.i
可以的話，請那樣做。

できれば、全部(ぜんぶ)入(はい)るとうれしいです。
de.ki.re.ba ze.n.bu ha.i.ru to u.re.shi.i de.su
可以的話，能夠全部進來我會很高興。

できれば、東京(とうきょう)タワーを中心(ちゅうしん)にお願(ねが)いします。
de.ki.re.ba to.o.kyo.o ta.wa.a o chu.u.shi.n ni o ne.ga.i shi.ma.su
可以的話，麻煩您以東京鐵塔為中心（拍）。

STEP05

MP3 40

- カメラ
  < ka.me.ra > 相機

- デジカメ
  < de.ji.ka.me > 數位相機
- 一眼（いちがん）レフ
  < i.chi.ga.n.re.fu > 單眼相機
- フラッシュ
  < fu.ra.s.shu > 閃光燈
- シャッター
  < sha.t.ta.a > 快門
- レンズ
  < re.n.zu > 鏡頭
- 広角（こうかく）レンズ
  < ko.o.ka.ku re.n.zu > 廣角鏡頭
- ズーム
  < zu.u.mu > 變焦；調整焦距
- ネガ
  < ne.ga > 底片
- フィルム
  < fi.ru.mu > 軟片
- カラーフィルム
  < ka.ra.a fi.ru.mu > 彩色軟片
- 白黒写真（しろくろしゃしん）
  < shi.ro.ku.ro sha.shi.n >
  黑白照片
- 三脚（さんきゃく）
  < sa.n.kya.ku > 三腳架
- ストラップ
  < su.to.ra.p.pu >
  （相機等的）背帶

- モデル
  < mo.de.ru > 模特兒
- 焼（や）く
  < ya.ku > 沖洗（相片）
- 写真館（しゃしんかん）
  < sha.shi.n.ka.n > 照相館
- 画像（がぞう）
  < ga.zo.o >
  畫素；映像；圖像
- アルバム
  < a.ru.ba.mu > 相簿；相本
- 記念撮影（きねんさつえい）
  < ki.ne.n.sa.tsu.e.e > 紀念照

STEP 05

02 記念品を買う

（き ねんひん　か）

< ki.ne.n.hi.n o ka.u > 買紀念品

旅遊會話我也會！

店員（てんいん）：　いらっしゃいませ。
te.n.i.n　i.ra.s.sha.i.ma.se

わたし：　すみません、この キーホルダー はいくらですか。
wa.ta.shi　su.mi.ma.se.n ko.no ki.i.ho.ru.da.a wa i.ku.ra de.su ka

店員（てんいん）：　１つ（ひと）７８０円（ななひゃくはちじゅうえん）です。
te.n.i.n　hi.to.tsu na.na.hya.ku.ha.chi.ju.u.e.n de.su

わたし：　高い（たか）ですね。
もっと①安く（やす）なりませんか。
wa.ta.shi　ta.ka.i de.su ne
mo.t.to ya.su.ku na.ri.ma.se.n ka

店員（てんいん）：　それはちょっと……②。
マグカップ はいかがですか。
１つ（ひと）500円（ごひゃくえん）です。
te.n.i.n　so.re.wa cho.t.to
ma.gu.ka.p.pu wa i.ka.ga de.su ka
hi.to.tsu go.hya.ku.e.n de.su

STEP05

わたし：　いえ、マグカップは たくさん 持(も)っています。

wa.ta.shi　i.e ma.gu.ka.p.pu wa ta.ku.sa.n mo.t.te i.ma.su

店員(てんいん)：　それなら、こちらの Tシャツ(ティー) はいかがですか。
限定商品(げんていしょうひん)です。

te.n.i.n　so.re.na.ra ko.chi.ra no ti.i.sha.tsu wa i.ka.ga de.su ka
ge.n.te.e sho.o.hi.n de.su

MP3 41

中譯

店員：　歡迎光臨。

我：　請問，這個鑰匙圈多少錢呢？

店員：　一個七百八十日圓。

我：　好貴喔。可否再便宜點呢？

店員：　那個有點……。馬克杯如何呢？一個五百日圓。

我：　不，我有很多馬克杯。

店員：　那樣的話，這邊的T恤如何呢？是限定商品。

單字

1. キーホルダー < ki.i.ho.ru.da.a > 3 名 鑰匙圈

2. 高（たか）い < ta.ka.i > 2 イ形 高的；貴的

3. 安（やす）く < ya.su.ku > 便宜的，原形為「安（やす）い」2 イ形

4. マグカップ < ma.gu.ka.p.pu > 3 名 馬克杯

5. たくさん < ta.ku.sa.n > 3 名 ナ形 多（的）

6. T（ティー）シャツ < ti.i.sha.tsu > 0 名 T 恤

這個句型超好用！

❶ もっと

意為「更～；更加～；再稍微～」，表示各種程度都比現在嚴重。

もっと安（やす）くしてください。
mo.t.to ya.su.ku shi.te ku.da.sa.i
請再便宜一點。

もっと値下（ねさ）げできませんか。
mo.t.to ne.sa.ge de.ki.ma.se.n ka
不能再減價些嗎？

もっと買（か）いますから、値引（ねび）きしてください。
mo.t.to ka.i.ma.su ka.ra ne.bi.ki.shi.te ku.da.sa.i
我會買更多，所以請算便宜點。

② ちょっと……

由於日本人是不擅長拒絕的民族，所以在會話中經常會出現這一句話。比方說店家就立場來說不想降價，但是又開不了口拒絕，這時就會以「ちょっと……」這樣曖昧的語氣帶過去。中文可翻譯為「有點……」。

ちょっとなあ……。
cho.t.to na.a
有點啊……。

それはそうですけど、でもちょっと……。
so.re wa so.o de.su ke.do de.mo cho.t.to
雖然是那樣沒錯，但有點……。

いいのはいいですけど、でもちょっと……。
i.i no wa i.i de.su ke.do de.mo cho.t.to
好是好，但有點……。

紀念品

旅遊單字吃到飽！

みやげ や
● 土産屋
< mi.ya.ge.ya >
土產品店；伴手禮店

き ねんひん
● 記念品
< ki.ne.n.hi.n > 紀念品

みやげ
● お土産
< o mi.ya.ge >
土產品；伴手禮

おく もの
● 贈り物
< o.ku.ri.mo.no >
禮物；送的東西

● プレゼント
< pu.re.ze.n.to > 禮物

● ラッピング
< ra.p.pi.n.gu > 包裝

ほうそう し
● 包装紙
< ho.o.so.o.shi > 包裝紙

● リボン
< ri.bo.n >
緞帶；裝飾的帶子

かみぶくろ
● 紙袋
< ka.mi.bu.ku.ro > 紙袋

ぶくろ
● ビニール袋
< bi.ni.i.ru.bu.ku.ro > 塑膠袋

● ブローチ
< bu.ro.o.chi > 別針

● マグネット
< ma.gu.ne.t.to > 磁鐵

● コースター
< ko.o.su.ta.a > 杯墊

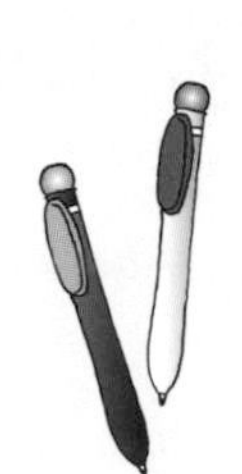

● ペン
< pe.n > 筆

せん ぬ
● 栓抜き
< se.n.nu.ki > 開瓶器

● チョコレート
< cho.ko.re.e.to > 巧克力

まんじゅう
● 饅頭
< ma.n.ju.u >
饅頭（日本的饅頭是甜點的一種，裡面包有豆沙等）

● クッキー < ku.k.ki.i > 餅乾

つけもの
● 漬物
< tsu.ke.mo.no > 醃菜；醬菜

わ が し
● 和菓子
< wa.ga.shi >
和菓子；日式點心

03 花見（はなみ）

＜ha.na.mi＞賞櫻花

STEP 05

旅遊會話我也會！

わたし：　きれいですね。
wa.ta.shi　ki.re.e.de.su ne

日本人（にほんじん）：　ええ、ほんとうに。
ni.ho.n.ji.n　e.e ho.n.to.o ni

わたし：　これからみなさんでお花見（はなみ）ですか。
wa.ta.shi　ko.re.ka.ra mi.na.sa.n de o ha.na.mi de.su ka

日本人（にほんじん）：　ええ、会社（かいしゃ）の同僚（どうりょう）と。桜（さくら）を見（み）ながら①、お酒（さけ）を飲（の）んだりお弁当（べんとう）を食（た）べたりします②。
ni.ho.n.ji.n　e.e ka.i.sha no do.o.ryo.o to sa.ku.ra o mi.na.ga.ra
o sa.ke o no.n.da.ri o be.n.to.o o ta.be.ta.ri shi.ma.su

わたし：　楽（たの）しそうですね。
wa.ta.shi　ta.no.shi.so.o de.su ne

日本人（にほんじん）：　いっしょにどうですか。カラオケもありますよ。
ni.ho.n.ji.n　i.s.sho ni do.o de.su ka ka.ra.o.ke mo a.ri.ma.su yo

わたし：　いいんですか。じゃ、おことばに甘（あま）えて。
wa.ta.shi　i.i n de.su ka ja o ko.to.ba ni a.ma.e.te

観光 觀光 STEP05

中譯

我：　　好漂亮喔。

日本人：是啊，真的。

我：　　接下來大家要一起賞櫻花嗎？

日本人：是啊，要和公司的同事。要一邊賞櫻花，一邊喝喝酒吃吃便當。

我：　　好像很有趣。

日本人：一起來如何呢？也有卡拉OK喔。

我：　　可以嗎？那麼，恭敬不如從命。

MP3 43

單字

1. きれい < ki.re.e > 1 ナ形 漂亮（的）

2. お花見 < o ha.na.mi > 賞櫻花，禮貌語「お」+「花見」 3 名

3. 桜 < sa.ku.ra > 0 名 櫻花

4. お酒 < o sa.ke > 酒，禮貌語「お」+「酒」 0 名

5. お弁当 < o be.n.to.o > 便當，禮貌語「お」+「弁当」 3 名

6. カラオケ < ka.ra.o.ke > 0 名 卡拉 OK

MP3 44

這個句型超好用！

① ながら

意為「一邊～，一邊～」。使用時，前後皆須連接表示動作的動詞，表示二個動作同時進行。基本原則為，後面的動作是主要動作，而前面的動作是描述進行該動作的次要性動作。

桜(さくら)の花(はな)を見(み)ながら、カラオケをしましょう。
sa.ku.ra no ha.na o mi.na.ga.ra ka.ra.o.ke o shi.ma.sho.o
一邊賞櫻花，一邊唱卡拉OK吧。

外(そと)の景色(けしき)を眺(なが)めながら、音楽(おんがく)を聴(き)いています。
so.to no ke.shi.ki o na.ga.me.na.ga.ra o.n.ga.ku o ki.i.te i.ma.su
一邊看外面的風景，一邊聽音樂。

横(よこ)を見(み)ながら、車(くるま)を運転(うんてん)するのは危(あぶ)ないです。
yo.ko o mi.na.ga.ra ku.ru.ma o u.n.te.n.su.ru no wa a.bu.na.i de.su
一邊看旁邊，一邊開車是危險的。

② ～たり～たりします

表示列舉，也就是從複數的行為或事物當中，舉出二、三個有代表性的事物。意為「～啦～啦；又是～又是～」。連接方式為：名／ナ形＋「だったり」，或是 イ形＋「かったり」，或是動＋「たり／だり」。

花見のときは、みんなで食べたり、飲んだりします。
ha.na.mi no to.ki wa mi.n.na.de ta.be.ta.ri no.n.da.ri shi.ma.su
賞花的時候，大家一起吃吃喝喝。

休みの日には本を読んだり、料理をしたりします。
ya.su.mi no hi ni wa ho.n o yo.n.da.ri ryo.o.ri o shi.ta.ri shi.ma.su
休假日時，我會看看書、做做菜。

この場所は静かだったり、にぎやかだったりします。
ko.no ba.sho wa shi.zu.ka.da.t.ta.ri ni.gi.ya.ka.da.t.ta.ri shi.ma.su
這個地方既安靜又熱鬧。

MP3 44

● 春（はる）
< ha.ru > 春天

● 夏（なつ）
< na.tsu > 夏天

● 秋（あき）
< a.ki > 秋天

● 冬（ふゆ） < fu.yu > 冬天

● お正月（しょうがつ）
< o sho.o.ga.tsu > 新年

● 元旦（がんたん）
< ga.n.ta.n > 元旦（一月一日）

● 初詣（はつもうで）
< ha.tsu.mo.o.de >
新年首次參拜

● お年玉（としだま）
< o.to.shi.da.ma > 壓歲錢

● お中元（ちゅうげん）
< o.chu.u.ge.n > 中元節

● 墓参り（はかまいり）
< ha.ka.ma.i.ri > 掃墓

● 夏祭り（なつまつり）
< na.tsu.ma.tsu.ri > 夏季廟會

● 花火大会（はなびたいかい）
< ha.na.bi.ta.i.ka.i >
煙火節

● 中秋節（ちゅうしゅうせつ）
< chu.u.shu.u.se.tsu >
中秋節，
也可以說「十五夜（じゅうごや）」

● お月見（つきみ）
< o.tsu.ki.mi > 賞月

● 月見団子（つきみだんご）
< tsu.ki.mi.da.n.go > 賞月湯圓

● クリスマスイブ
< ku.ri.su.ma.su.i.bu > 聖誕夜

● クリスマス
< ku.ri.su.ma.su > 聖誕節

● クリスマスツリー
< ku.ri.su.ma.su.tsu.ri.i >
聖誕樹

● お歳暮（せいぼ）
< o.se.e.bo > 歲末；歲末禮品

● 大晦日（おおみそか）
< o.o.mi.so.ka >
除夕（十二月三十一日）

04 もみじ狩（が）り

<mo.mi.ji.ga.ri> 賞楓

旅遊會話我也會！

日本人（にほんじん）：　秋（あき）の 京都（きょうと） は 初（はじ）めて ですか。

ni.ho.n.ji.n　a.ki no kyo.o.to wa ha.ji.me.te de.su ka

わたし：　ええ。京都（きょうと）はいつ来（き）てもいいですが、
紅葉（こうよう） はとくにいいですね。

wa.ta.shi　e.e kyo.o.to wa i.tsu ki.te mo i.i de.su ga
ko.o.yo.o wa to.ku.ni i.i de.su ne

日本人（にほんじん）：　紅葉（こうよう）を 観賞（かんしょう）する ことを、
「紅葉狩（もみじが）り」っていう①んですよ。

ni.ho.n.ji.n　ko.o.yo.o o ka.n.sho.o.su.ru ko.to o
mo.mi.ji.ga.ri t.te i.u n de.su yo

わたし：　もみじがり？初（はじ）めて聞（き）きました。

wa.ta.shi　mo.mi.ji.ga.ri ha.ji.me.te ki.ki.ma.shi.ta

日本人（にほんじん）：　「紅葉（こうよう）」という字（じ）は「紅葉（もみじ）」とも読（よ）むんです。
それで「紅葉狩（もみじが）り」です。

ni.ho.n.ji.n　ko.o.yo.o to i.u ji wa mo.mi.ji to mo yo.mu n de.su
so.re.de mo.mi.ji.ga.ri de.su

MP3 45

わたし： 勉強 になりました②。
wa.ta.shi be.n.kyo.o ni na.ri.ma.shi.ta

日本人： さあ、そろそろ嵐山のほうに行ってみましょう。
ni.ho.n.ji.n sa.a so.ro.so.ro a.ra.shi.ya.ma no ho.o ni i.t.te mi.ma.sho.o

中譯

日本人：　你是第一次秋天來京都嗎？

我：　　是的。京都什麼時候來都很好，但楓葉特別好耶。

日本人：　觀賞楓葉這件事，叫做「紅葉狩り（もみじがり）」（賞楓）喔。

我：　　「もみじがり」？第一次聽到。

日本人：「紅葉（こうよう）」這個字，也可以唸成「紅葉（もみじ）」。

所以是「紅葉狩り（もみじがり）」（賞楓）。

我：　　我學到了。

日本人：　那麼，我們差不多去嵐山那裡看看吧。

單字

1. 京都（きょうと） < kyo.o.to > 1 名 京都

2. 初めて（はじめて） < ha.ji.me.te > 2 副 初次；第一次

3. 紅葉（こうよう） < ko.o.yo.o > 0 名 楓葉

4. 鑑賞する（かんしょうする） < ka.n.sho.o.su.ru > 0 動 觀賞

5. 紅葉狩り（もみじがり） < mo.mi.ji.ga.ri > 0 名 賞楓

6. 勉強（べんきょう） < be.n.kyo.o > 0 名 學習

MP3 46

這個句型超好用！

① ～っていう

意為「叫做～；說成～」，是「～という」的口語說法，用於解說或下某種定義時。

北(きた)から吹(ふ)く風(かぜ)のことを北風(きたかぜ)っていうんです。
ki.ta ka.ra fu.ku ka.ze no ko.to o ki.ta.ka.ze t.te i.u n de.su
從北方吹來的風，叫做「北風(きたかぜ)」（北風）。

おなかがいっぱいのことを満腹(まんぷく)っていうんです。
o.na.ka ga i.p.pa.i no ko.to o ma.n.pu.ku t.te i.u n de.su
肚子很飽，叫做「満腹(まんぷく)」（很飽）。

悪(わる)いことをする人(ひと)のことを悪人(あくにん)っていうんです。
wa.ru.i ko.to o su.ru hi.to no ko.to o a.ku.ni.n t.te i.u n de.su
做壞事的人，叫做「悪人(あくにん)」（壞人）。

② になりました

意為「變成～；變為～」，表示事物的變化。接續方式：名／ナ形＋「になる」，或是イ形＋「くなる」，或是動＋「ようになる」。

MRTが開通して、生活が便利になりました。
e.mu.a.a.ru.ti.i ga ka.i.tsu.u.shi.te se.e.ka.tsu ga be.n.ri ni na.ri.ma.shi.ta
因為捷運開通，生活變方便了。

お酒を飲んだら顔が赤くなりました。
o sa.ke o no.n.da.ra ka.o ga a.ka.ku na.ri.ma.shi.ta
喝酒後，臉變紅了。

最近、日本語がだいぶ分かるようになりました。
sa.i.ki.n ni.ho.n.go ga da.i.bu wa.ka.ru yo.o ni na.ri.ma.shi.ta
最近，日文變得懂不少了。

MP3 46

- **山**（やま）
  < ya.ma > 山
- **山登り**（やまのぼり）
  < ya.ma.no.bo.ri > 登山
- **登山**（とざん）
  < to.za.n > 登山
- **登る**（のぼる）
  < no.bo.ru > 登（上）
- **山小屋**（やまごや）
  < ya.ma.go.ya >
  山上的休息小屋
- **キャンプ**
  < kya.n.pu > 露營
- **テント**
  < te.n.to > 帳篷
- **スキー**
  < su.ki.i > 滑雪
- **スノーボード**
  < su.no.o.bo.o.do > 滑雪板
- **川**（かわ）
  < ka.wa > 川；河
- **海**（うみ）
  < u.mi > 海
- **湖**（みずうみ）
  < mi.zu.u.mi > 湖
- **泳ぐ**（およぐ）
  < o.yo.gu > 游泳
- **水泳**（すいえい）
  < su.i.e.e > 游泳
- **潜る**（もぐる）
  < mo.gu.ru > 潛入
- **水着**（みずぎ）
  < mi.zu.gi > 泳衣
- **ビーチ**
  < bi.i.chi > 海灘
- **釣り**（つり）
  < tsu.ri > 釣魚
- **サーフィン**
  < sa.a.fi.n > 衝浪
- **スキューバダイビング**
  < su.kyu.u.ba.da.i.bi.n.gu >
  水肺潛水

05 神社とお寺

<ji.n.ja to o te.ra> 神社與寺廟

旅遊會話我也會！

わたし：　（手を叩く）
wa.ta.shi　te o ta.ta.ku

日本人：　陳さん、手を叩いてはいけません①よ。
ni.ho.n.ji.n　chi.n sa.n te o ta.ta.i.te wa i.ke.ma.se.n yo

わたし：　えっ。
でも、昨日は手を叩きましたけど……。
wa.ta.shi　e.t de.mo ki.no.o wa te o ta.ta.ki.ma.shi.ta ke.do

日本人：　昨日行ったところは神社です。
ここはお寺ですから、拍手はしないんですよ。
ni.ho.n.ji.n　ki.no.o i.t.ta to.ko.ro wa ji.n.ja de.su
ko.ko wa o te.ra de.su ka.ra ha.ku.shu wa shi.na.i n de.su yo

わたし：　知りませんでした。すみません。
wa.ta.shi　shi.ri.ma.se.n de.shi.ta su.mi.ma.se.n

MP3 47

STEP 05

日本人（にほんじん）： いいえ。わたしの まね をして、
いっしょ②に 参拝（さんぱい）して ください。

ni.ho.n.ji.n i.i.e wa.ta.shi no ma.ne o shi.te
i.s.sho ni sa.n.pa.i.shi.te ku.da.sa.i

わたし： はい。

wa.ta.shi ha.i

中譯

我：　　（拍手）

日本人：陳小姐，不可以拍手喔。

我：　　什麼？但是昨天我們有拍手……。

日本人：昨天去的地方是神社。這裡是寺廟，所以不拍手唷。

我：　　我不知道。不好意思。

日本人：不會。請模仿我做的，一起參拜。

我：　　好的。

單字

1. 手（て）＜te＞ 1 名 手

2. 叩く（たたく）＜ta.ta.ku＞ 2 動 拍；敲

3. 神社（じんじゃ）＜ji.n.ja＞ 1 名 神社

4. お寺（おてら）＜o te.ra＞寺廟，禮貌語「お」＋「寺（てら）」 2 0 名

5. まね＜ma.ne＞ 0 名 模仿

6. 参拝して（さんぱいして）＜sa.n.pa.i.shi.te＞參拜，原形為「参拝する（さんぱいする）」 0 動

MP3 48

這個句型超好用！

① てはいけません

意為「不能；不准」，表示禁止做某事。類似說法有「てはだめです」，而其口語說法「ちゃいけません」、「ちゃだめです」也經常出現在會話中。

ここでタバコを吸(す)ってはいけません。
ko.ko de ta.ba.ko o su.t.te wa i.ke.ma.se.n
這裡不能吸菸。

館内(かんない)では写真(しゃしん)を撮(と)ってはいけません。
ka.n.na.i de wa sha.shi.n o to.t.te wa i.ke.ma.se.n
館內不准拍照。

この場所(ばしょ)に駐車(ちゅうしゃ)しちゃいけませんよ。
ko.no ba.sho ni chu.u.sha.shi.cha i.ke.ma.se.n yo
這個地方不能停車喔。

❷ いっしょ

意為「一同；一起；一塊兒」。

いっしょにお参り（まい）に行（い）きましょう。
i.s.sho ni o.ma.i.ri ni i.ki.ma.sho.o
一起去參拜吧。

2人（ふたり）はいつもいっしょです。
fu.ta.ri wa i.tsu.mo i.s.sho de.su
二個人總是在一起。

よかったら、いっしょにどうですか。
yo.ka.t.ta.ra i.s.sho ni do.o de.su ka
可以的話，一起如何呢？

MP3 48

- 宗教（しゅうきょう）< shu.u.kyo.o > 宗教
- 神道（しんとう）< shi.n.to.o > 神道
- 仏教（ぶっきょう）< bu.k.kyo.o > 佛教
- 道教（どうきょう）< do.o.kyo.o > 道教
- キリスト教（きょう）< ki.ri.su.to.kyo.o > 基督教
- イスラム教（きょう）< i.su.ra.mu.kyo.o > 回教
- 天主教（てんしゅきょう）< te.n.shu.kyo.o > 天主教
- ヒンドゥー教（きょう）< hi.n.du.u.kyo.o > 印度教
- 無宗教（むしゅうきょう）< mu.shu.u.kyo.o > 無宗教
- 鳥居（とりい）< to.ri.i > 鳥居（神社入口的牌坊；神域的門）
- お賽銭（さいせん）< o sa.i.se.n > 香油錢
- 賽銭箱（さいせんばこ）< sa.i.se.n.ba.ko > 香油錢箱（神社或寺廟裡都有）
- お守り（まも）< o.ma.mo.ri > 護身符
- おみくじ < o.mi.ku.ji > 籤
- 絵馬（えま）< e.ma > 繪馬（寫上自己的心願，放置在神社祈求願望實現的木牌）
- お坊さん（ぼう）< o.bo.o.sa.n > 和尚
- 神主さん（かんぬし）< ka.n.nu.shi.sa.n > 神社祭司
- お墓（はか）< o ha.ka > 墓
- 念仏（ねんぶつ）< ne.n.bu.tsu > 唸經
- 手水舎（てみずや）< te.mi.zu.ya > 手水舍（用水清洗雙手，潔淨身心靈的地方；也可唸成「手水舎（ちょうずや）」）

06 お祭り

< o ma.tsu.ri > 祭典

旅遊會話我也會！

わたし： 浴衣が似合いますね。
wa.ta.shi yu.ka.ta ga ni.a.i.ma.su ne

日本人： どうもありがとう。
ni.ho.n.ji.n do.o.mo a.ri.ga.to.o

わたし： でも、下駄は歩きにくく①ないですか。
wa.ta.shi de.mo ge.ta wa a.ru.ki.ni.ku.ku.na.i de.su ka

日本人： 慣れればだいじょうぶです。
ところで、何か食べませんか。
ni.ho.n.ji.n na.re.re.ba da.i.jo.o.bu de.su
to.ko.ro.de na.ni ka ta.be.ma.se.n ka

わたし： 屋台がたくさん出てますね。
おすすめは何ですか。
wa.ta.shi ya.ta.i ga ta.ku.sa.n de.te.ma.su ne
o.su.su.me wa na.n de.su ka

MP3 49

日本人（にほんじん）：　いか焼（や）き がおすすめです。
ホットドッグ もおいしいですよ。

ni.ho.n.ji.n　i.ka.ya.ki ga o.su.su.me de.su
ho.t.to.do.g.gu mo o.i.shi.i de.su yo

わたし：　いろいろあって迷（まよ）っちゃいます②。

wa.ta.shi　i.ro.i.ro a.t.te ma.yo.c.cha.i.ma.su

観光(かんこう) 觀光 STEP05

中譯

我： 你很適合穿浴衣喔。

日本人： 謝謝。

我： 可是，木屐不會難走路嗎？

日本人： 習慣就好。對了，要不要吃點什麼呢？

我： 很多路邊攤出來擺攤耶。你推薦的是什麼呢？

日本人： 我推薦烤魷魚。熱狗也好吃喔。

我： 種類好多，好猶豫。

1. 浴衣(ゆかた) < yu.ka.ta > 0 名 浴衣

2. 似合(にあ)います < ni.a.i.ma.su > 合適，原形為「似合(にあ)う」 2 動

3. 下駄(げた) < ge.ta > 0 名 木屐

4. 屋台(やたい) < ya.ta.i > 1 名 路邊攤

5. いか焼(や)き < i.ka.ya.ki > 0 名 烤魷魚

6. ホットドッグ < ho.t.to.do.g.gu > 4 名 熱狗

MP3 50

這個句型超好用！

① にくく

原形為「にくい」，與イ形容詞的變化相同，前面接續動詞ます形。意為「不好做；難做」。相反詞是「やすい」，意為「好做；容易做」。

いか焼(や)きは大(おお)きくて、食(た)べにくいです。
i.ka.ya.ki wa o.o.ki.ku.te ta.be.ni.ku.i de.su
因為烤魷魚很大，不容易吃。

この道(みち)は歩(ある)きにくいです。
ko.no mi.chi wa a.ru.ki.ni.ku.i de.su
這條路難走。

その道(みち)は歩(ある)きやすいです。
so.no mi.chi wa a.ru.ki ya.su.i de.su
那條路好走。

❷ ちゃいます

原形為「てしまいます」，有「完了；感慨；不小心」等意思。這裡表示種種感慨。

つい、つまらないことを言っちゃいました。
tsu.i tsu.ma.ra.na.i ko.to o i.c.cha.i.ma.shi.ta
不小心說了蠢話。

道に迷っちゃいました。
mi.chi ni ma.yo.c.cha.i.ma.shi.ta
我迷路了。

たくさん歩いたので、つかれちゃいました。
ta.ku.sa.n a.ru.i.ta no.de tsu.ka.re.cha.i.ma.shi.ta
走了好多路，累壞了。

- うちわ
  < u.chi.wa > 圓形竹扇

- 扇子（せんす）
  < se.n.su > 扇子

- ちょうちん
  < cho.o.chi.n > 燈籠

- おみこし
  < o mi.ko.shi > 神轎

- はっぴ
  < ha.p.pi > 半被；法被
  （類似浴衣的短外衣）

- ゲーム
  < ge.e.mu > 遊戲

- 金魚（きんぎょ）すくい
  < ki.n.gyo.su.ku.i > 撈金魚

- 射的（しゃてき）
  < sha.te.ki > 標靶射擊

- くじ引（び）き
  < ku.ji.bi.ki > 抽籤

- お面（めん）
  < o me.n > 面具

- 焼（や）きそば
  < ya.ki.so.ba > 炒麵

- たこ焼（や）き
  < ta.ko.ya.ki > 章魚燒

- お好（この）み焼（や）き
  < o.ko.no.mi.ya.ki >
  什錦燒；大阪燒

- フランクフルト
  < fu.ra.n.ku.fu.ru.to >
  德式大香腸

- わたあめ
  < wa.ta.a.me > 棉花糖

- べっこうあめ
  < be.k.ko.o.a.me > 糖畫
  （麥芽糖做成各種花樣糖果）

- りんごあめ
  < ri.n.go.a.me > 蘋果麥芽糖
  （類似台灣的冰糖葫蘆）

- かき氷（ごおり）
  < ka.ki.go.o.ri > 刨冰

- ラムネ
  < ra.mu.ne > 汽水

- にぎやか
  < ni.gi.ya.ka >
  熱鬧（的）

07 花火大会(はなびたいかい)

<ha.na.bi ta.i.ka.i>煙火節

旅遊會話我也會！

わたし：　人(ひと)がたくさんいますね。
wa.ta.shi　hi.to ga ta.ku.sa.n i.ma.su ne

日本人(にほんじん)：　ええ。夏(なつ)はやっぱり①花火(はなび)です。
ni.ho.n.ji.n　e.e na.tsu wa ya.p.pa.ri ha.na.bi de.su

わたし：　前(まえ)のほうの場所(ばしょ)はもうありませんね。
wa.ta.shi　ma.e no ho.o no ba.sho wa mo.o a.ri.ma.se.n ne

日本人(にほんじん)：　１週間前(いっしゅうかんまえ)から場所(ばしょ)をとっている人(ひと)もいるそう②です。
ni.ho.n.ji.n　i.s.shu.u.ka.n ma.e ka.ra ba.sho o to.t.te i.ru hi.to mo i.ru so.o de.su

わたし：　それじゃ、仕方(しかた)ないですね。あっ、始(はじ)まりましたよ。
wa.ta.shi　so.re.ja shi.ka.ta na.i de.su ne a.t ha.ji.ma.ri.ma.shi.ta yo

（花火(はなび)の音(おと)：ど～ん！！）
ha.na.bi no o.to do.o.n

わたし：　わあ、きれい。
wa.ta.shi　wa.a ki.re.e

中譯

我：　　好多人喔。

日本人：是啊。夏天還是要煙火。

我：　　前面的位置已經沒有了耶。

日本人：聽說也有一個星期前就佔位置的人。

我：　　那就沒辦法啦。啊，開始了喔。

（煙火的聲音：咚～！！）

我：　　哇，好漂亮。

單字

1. 夏（なつ） < na.tsu > 2 名 夏天
2. 花火（はなび） < ha.na.bi > 1 名 煙火
3. 場所（ばしょ） < ba.sho > 0 名 地方；場所
4. とって < to.t.te > 佔，原形為「とる」1 動
5. 仕方（しかた）ない < shi.ka.ta.na.i > 4 イ形 沒辦法
6. 始（はじ）まりました < ha.ji.ma.ri.ma.shi.ta > 開始了，原形為「始（はじ）まる」0 動

這個句型超好用！

① やっぱり

「やはり」的強調用法，意為「果然」。

日本はやっぱりいいですね。
ni.ho.n wa ya.p.pa.ri i.i de.su ne
日本果然很棒啊。

雷が鳴ると思ったら、やっぱり当たりました。
ka.mi.na.ri ga na.ru to o.mo.t.ta.ra ya.p.pa.ri a.ta.ri.ma.shi.ta
我想說會打雷，果然猜中了。

思ったとおり、やっぱり浴衣が似合いますね。
o.mo.t.ta to.o.ri ya.p.pa.ri yu.ka.ta ga ni.a.i.ma.su ne
如我所料，（你）果然很適合穿浴衣耶。

MP3 52

STEP 05

② そう

意為「聽説；據説」，表示該訊息不是自己直接獲得的，而是間接聽來的。不能用於否定或過去式。

今年の夏は特に暑いそうです。
ko.to.shi no na.tsu wa to.ku.ni a.tsu.i so.o de.su
據説今年的夏天特別熱。

今日は日本各地で花火大会が開催されるそうです。
kyo.o wa ni.ho.n ka.ku.chi de ha.na.bi.ta.i.ka.i ga ka.i.sa.i.sa.re.ru so.o de.su
聽説今天在日本各地舉行煙火節。

天気予報によると、あさってあたり台風が来るそうです。
te.n.ki.yo.ho.o ni yo.ru to a.sa.t.te a.ta.ri ta.i.fu.u ga ku.ru so.o de.su
根據天氣預報，明後天左右颱風會來。

日本全國

旅遊單字吃到飽！

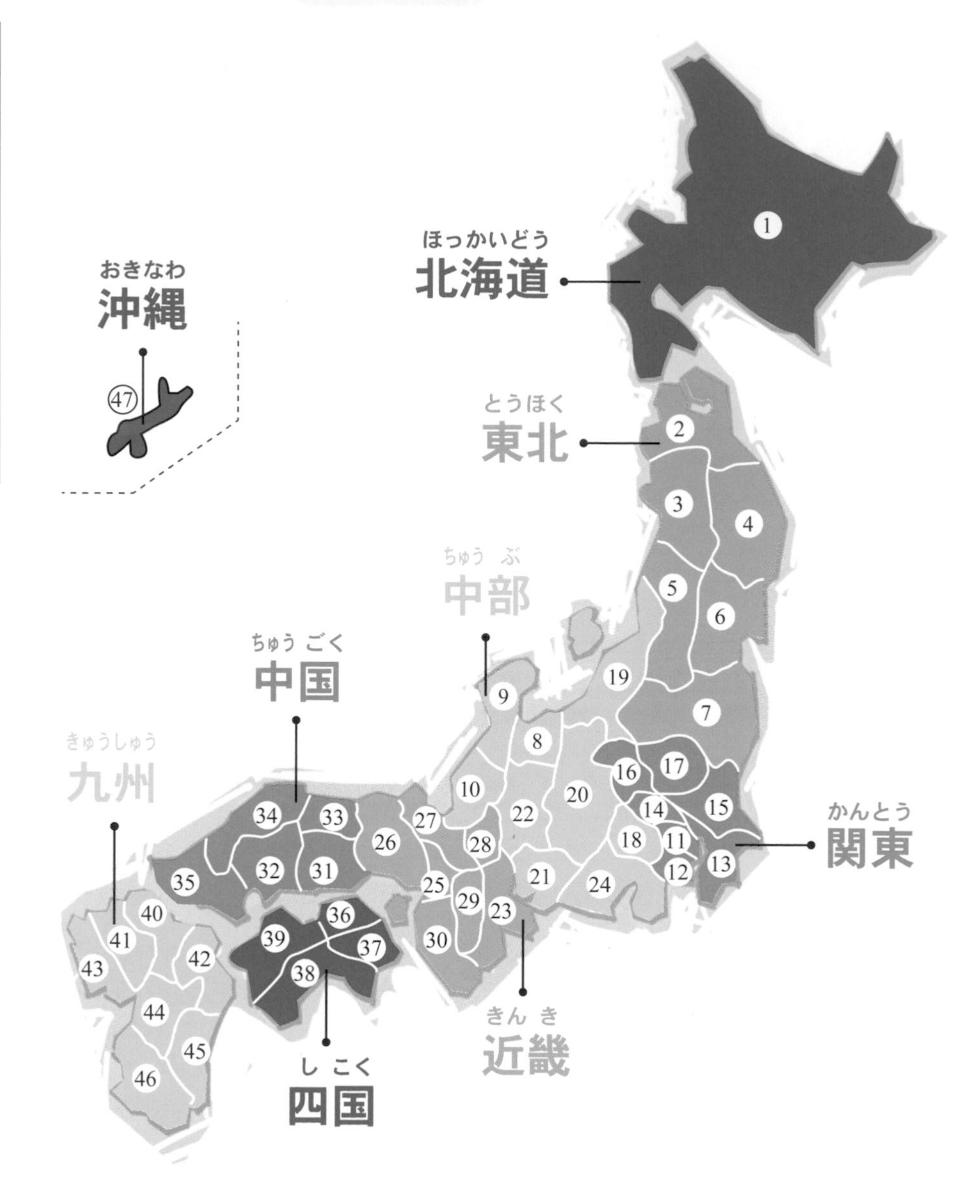

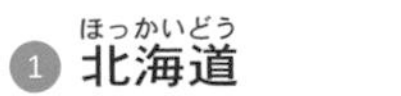

MP3 52

1. ほっかいどう **北海道** < ho.k.ka.i.do.o > 北海道
2. あおもり **青森** < a.o.mo.ri > 青森
3. あきた **秋田** < a.ki.ta > 秋田
4. いわて **岩手** < i.wa.te > 岩手
5. やまがた **山形** < ya.ma.ga.ta > 山形
6. みやぎ **宮城** < mi.ya.gi > 宮城
7. ふくしま **福島** < fu.ku.shi.ma > 福島
8. とやま **富山** < to.ya.ma > 富山
9. いしかわ **石川** < i.shi.ka.wa > 石川
10. ふくい **福井** < fu.ku.i > 福井
11. とうきょう **東京** < to.o.kyo.o > 東京
12. かながわ **神奈川** < ka.na.ga.wa > 神奈川
13. ちば **千葉** < chi.ba > 千葉
14. さいたま **埼玉** < sa.i.ta.ma > 埼玉
15. いばらき **茨城** < i.ba.ra.ki > 茨城
16. ぐんま **群馬** < gu.n.ma > 群馬
17. とちぎ **栃木** < to.chi.gi > 栃木
18. やまなし **山梨** < ya.ma.na.shi > 山梨
19. にいがた **新潟** < ni.i.ga.ta > 新潟
20. ながの **長野** < na.ga.no > 長野
21. あいち **愛知** < a.i.chi > 愛知
22. ぎふ **岐阜** < gi.fu > 岐阜
23. みえ **三重** < mi.e > 三重
24. しずおか **静岡** < shi.zu.o.ka > 靜岡
25. おおさか **大阪** < o.o.sa.ka > 大阪
26. ひょうご **兵庫** < hyo.o.go > 兵庫
27. きょうと **京都** < kyo.o.to > 京都
28. しが **滋賀** < shi.ga > 滋賀
29. なら **奈良** < na.ra > 奈良
30. わかやま **和歌山** < wa.ka.ya.ma > 和歌山
31. おかやま **岡山** < o.ka.ya.ma > 岡山
32. ひろしま **広島** < hi.ro.shi.ma > 廣島
33. とっとり **鳥取** < to.t.to.ri > 鳥取
34. しまね **島根** < shi.ma.ne > 島根
35. やまぐち **山口** < ya.ma.gu.chi > 山口
36. かがわ **香川** < ka.ga.wa > 香川
37. とくしま **徳島** < to.ku.shi.ma > 德島
38. こうち **高知** < ko.o.chi > 高知
39. えひめ **愛媛** < e.hi.me > 愛媛
40. ふくおか **福岡** < fu.ku.o.ka > 福岡
41. さが **佐賀** < sa.ga > 佐賀
42. おおいた **大分** < o.o.i.ta > 大分
43. ながさき **長崎** < na.ga.sa.ki > 長崎
44. くまもと **熊本** < ku.ma.mo.to > 熊本
45. みやざき **宮崎** < mi.ya.za.ki > 宮崎
46. かごしま **鹿児島** < ka.go.shi.ma > 鹿兒島
47. おきなわ **沖縄** < o.ki.na.wa > 沖繩

08 温泉

<o.n.se.n> 溫泉

旅遊會話我也會！

わたし：　着替え をする場所はどこですか。
wa.ta.shi　ki.ga.e o su.ru ba.sho wa do.ko de.su ka

スタッフ：　あちらです。
su.ta.f.fu　a.chi.ra de.su

わたし：　すみません、石けん はどこにありますか。
wa.ta.shi　su.mi.ma.se.n se.k.ke.n wa do.ko ni a.ri.ma.su ka

スタッフ：　すべて中にありますよ。
su.ta.f.fu　su.be.te na.ka ni a.ri.ma.su yo

わたし：　どうも。どうりで①見つからないはず②だ。
wa.ta.shi　do.o.mo do.o.ri de mi.tsu.ka.ra.na.i ha.zu da

スタッフ：　あっ、体を 洗って から 入って ください。
それから、タオル はお湯の中に 入れないで ください。
su.ta.f.fu　a.t ka.ra.da o a.ra.t.te ka.ra ha.i.t.te ku.da.sa.i
so.re.ka.ra ta.o.ru wa o yu no na.ka ni i.re.na.i.de ku.da.sa.i

わたし：　すみません。
wa.ta.shi　su.mi.ma.se.n

中譯

我：　　　換衣服的地方在哪裡呢？

工作人員：在那裡。

我：　　　請問，肥皂在哪裡呢？

工作人員：全部都在裡面喔。

我：　　　謝謝。怪不得找不到。

工作人員：啊，請先洗身體後再進去。還有，毛巾不要放到溫泉裡。

我：　　　不好意思。

單字

1. 着(き)替(が)え < ki.ga.e > 0 名 換（衣）

2. 石(せっ)けん < se.k.ke.n > 0 名 肥皂

3. 洗(あら)って < a.ra.t.te > 洗，原形為「洗(あら)う」0 動

4. 入(はい)って < ha.i.t.te > 進入，原形為「入(はい)る」1 動

5. タオル < ta.o.ru > 1 名 毛巾

6. 入(い)れないで < i.re.na.i.de > 不要放進去，原形為「入(い)れる」0 動

這個句型超好用！

① どうりで

意為「當然；怪不得」，用於得知有關現狀的確實理由，表示心悅誠服，心裡有「原來如此；應該是這樣」的感覺時。

A：ここの温泉地(おんせんち)は雑誌(ざっし)で１位(いちい)に選(えら)ばれたんですよ。
ko.ko no o.n.se.n.chi wa za.s.shi de i.chi.i ni e.ra.ba.re.ta n de.su yo

B：どうりで人(ひと)が多(おお)いわけだ。
do.o.ri de hi.to ga o.o.i wa.ke da

A：這裡的溫泉地區在雜誌被選為第一名喔。
B：怪不得人這麼多。

A：今日(きょう)は祝日(しゅくじつ)で学校(がっこう)も会社(かいしゃ)も休(やす)みなんです。
kyo.o wa shu.ku.ji.tsu de ga.k.ko.o mo ka.i.sha mo ya.su.mi na n de.su

B：どうりで若者(わかもの)がたくさんいるはずですね。
do.o.ri de wa.ka.mo.no ga ta.ku.sa.n i.ru ha.zu de.su ne

A：今天因為是節日，所以學校和公司都放假。
B：怪不得年輕人很多啊。

MP3 54

STEP 05

❷ はず

意為「應該～；按理來說～，該～」。用於說話者根據某些依據，闡明應該是自己所認定的那樣。

大正時代(たいしょうじだい)の旅館(りょかん)ですから、古(ふる)いはずです。
ta.i.sho.o ji.da.i no ryo.ka.n de.su ka.ra fu.ru.i ha.zu de.su
因為是大正時代的旅館，所以應該很老舊。

人気(にんき)の温泉地(おんせんち)ですから、にぎやかなはずです。
ni.n.ki no o.n.se.n.chi de.su ka.ra ni.gi.ya.ka.na ha.zu de.su
因為是受歡迎的溫泉地區，所以按理來說很熱鬧。

ここの露天風呂(ろてんぶろ)は無料(むりょう)のはずです。
ko.ko no ro.te.n.bu.ro wa mu.ryo.o no ha.zu de.su
這裡的露天溫泉應該是免費。

- **露天風呂（ろてんぶろ）**
  < ro.te.n.bu.ro > 露天溫泉
- **男女混浴（だんじょこんよく）**
  < da.n.jo.ko.n.yo.ku >
  男女混浴
- **入浴（にゅうよく）**
  < nyu.u.yo.ku > 泡湯；入浴
- **硫黄（いおう）**
  < i.o.o > 硫磺
- **男湯（おとこゆ）**
  < o.to.ko.yu > 男性浴室
- **女湯（おんなゆ）**
  < o.n.na.yu > 女性浴室
- **サウナ**
  < sa.u.na > 三溫暖
- **バスタオル**
  < ba.su.ta.o.ru > 浴巾
- **シャンプー**
  < sha.n.pu.u > 洗髮精

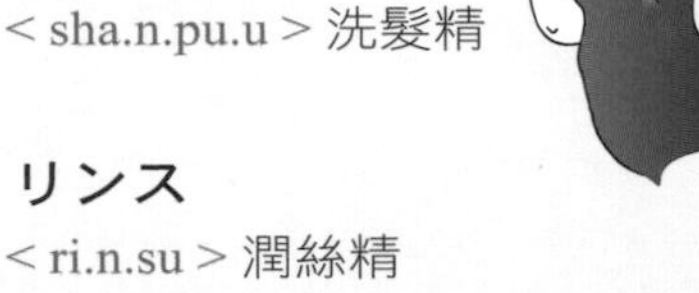

- **リンス**
  < ri.n.su > 潤絲精
- **ボディーソープ**
  < bo.di.i.so.o.pu > 沐浴乳
- **効能（こうのう）**
  < ko.o.no.o > 效果；療效
- **疲労回復（ひろうかいふく）**
  < hi.ro.o.ka.i.fu.ku >
  消除疲勞
- **皮膚病（ひふびょう）**
  < hi.fu.byo.o > 皮膚病
- **婦人病（ふじんびょう）**
  < fu.ji.n.byo.o > 女性疾病
- **外傷（がいしょう）**
  < ga.i.sho.o > 外傷
- **高血圧（こうけつあつ）**
  < ko.o.ke.tsu.a.tsu > 高血壓
- **冷え性（ひえしょう）**
  < hi.e.sho.o >
  易冷的體質；手腳冰冷
- **痛風（つうふう）**
  < tsu.u.fu.u > 痛風
- **美肌（びはだ）**
  < bi.ha.da > 美麗的肌膚

09 テーマパーク

<te.e.ma.pa.a.ku> 主題樂園

旅遊會話我也會！

わたし：　すみません、入場券（にゅうじょうけん）を買（か）いたいんですが……。

wa.ta.shi　su.mi.ma.se.n nyu.u.jo.o.ke.n o ka.i.ta.i n de.su ga

スタッフ：　何枚（なんまい）ですか。

su.ta.f.fu　na.n.ma.i de.su ka

わたし：　大人（おとな）2枚（にまい）と子（こ）ども1枚（いちまい）ください。

wa.ta.shi　o.to.na ni.ma.i to ko.do.mo i.chi.ma.i ku.da.sa.i

スタッフ：　かしこまりました。

全部（ぜんぶ）で6800円（ろくせんはっぴゃくえん）になります。

su.ta.f.fu　ka.shi.ko.ma.ri.ma.shi.ta

ze.n.bu de ro.ku.se.n.ha.p.pya.ku.e.n ni na.ri.ma.su

わたし：　乗（の）り物券（ものけん）は別（べつ）で買（か）わなければなりません①か。

wa.ta.shi　no.ri.mo.no.ke.n wa be.tsu de ka.wa.na.ke.re.ba na.ri.ma.se.n ka

スタッフ：　一日券（いちにちけん）を買（か）えば、

乗（の）り物券（ものけん）は買（か）わなくてもいい②です。

su.ta.f.fu　i.chi.ni.chi.ke.n o ka.e.ba

no.ri.mo.no.ke.n wa ka.wa.na.ku.te mo i.i de.su

わたし：　じゃ、一日券（いちにちけん）をください。
wa.ta.shi　ja i.chi.ni.chi.ke.n o ku.da.sa.i

中譯

我：　請問，我想買門票……。

工作人員：　要幾張？

我：　請給我二張大人與一張小孩的。

工作人員：　好的。總共六千八百日圓。

我：　搭乘票要另外買嗎？

工作人員：　買一日票的話，不買搭乘票也可以。

我：　那麼，請給我一日票。

MP3 55

單字

1. 入場券（にゅうじょうけん） < nyu.u.jo.o.ke.n > 3 名 門票；入場券

2. 何枚（なんまい） < na.n.ma.i > 1 名 幾張

3. 乗り物券（のりものけん） < no.ri.mo.no.ke.n > 4 名 搭乘票

4. 別（べつ） < be.tsu > 0 名 ナ形 另外；其他

5. 一日券（いちにちけん） < i.chi.ni.chi.ke.n > 4 名 一日票；一日券

MP3 56

這個句型超好用！

① なければなりません

意為「必須；應該」，表示「～是必要的；～是不可缺少的」。常以「なきゃだめ」的形式出現。

子供(こども)も入場券(にゅうじょうけん)を買(か)わなければなりません。
ko.do.mo mo nyu.u.jo.o.ke.n o ka.wa.na.ke.re.ba na.ri.ma.se.n
孩子也必須要買門票。

そろそろ帰(かえ)らなければなりません。
so.ro.so.ro ka.e.ra.na.ke.re.ba na.ri.ma.se.n
差不多該回去了。

ここで遊(あそ)ぶには、お金(かね)がなければなりません。
ko.ko de a.so.bu ni wa o ka.ne ga na.ke.re.ba na.ri.ma.se.n
在這裡玩，沒錢可不行。

② なくてもいい

意為「不～也可以」，表示「沒有必要做～」。常以「なくてもだいじょうぶ」的形式出現。

時間(じかん)はまだたくさんあるから、急(いそ)がなくてもいいですよ。
ji.ka.n wa ma.da ta.ku.sa.n a.ru ka.ra i.so.ga.na.ku.te mo i.i de.su yo
時間還很多，所以慢慢來也沒關係。

むりしなくてもいいから、休(やす)みましょう。
mu.ri.shi.na.ku.te mo i.i ka.ra ya.su.mi.ma.sho.o
不要逼自己了，休息吧。

東京(とうきょう)ディズニーランドへ行(い)くのは、
今日(きょう)じゃなくてもいいです。
to.o.kyo.o.di.zu.ni.i.ra.n.do e i.ku no wa kyo.o. ja na.ku.te mo i.i de.su
要去東京迪士尼樂園，不是今天也可以。

MP3 56

- 遊園地（ゆうえんち）
  < yu.u.e.n.chi > 遊樂園
- 公園（こうえん）
  < ko.o.e.n > 公園
- ゲームセンター
  < ge.e.mu.se.n.ta.a > 遊戲中心
- お化け屋敷（ばやしき）
  < o.ba.ke.ya.shi.ki > 鬼屋
- スケートリンク
  < su.ke.e.to.ri.n.ku > 溜冰場
- 東京（とうきょう）ディズニーランド
  < to.o.kyo.o.di.zu.ni.i.ra.n.do >
  東京迪士尼樂園
- 東京（とうきょう）ディズニーシー
  < to.o.kyo.o.di.zu.ni.i.shi.i >
  東京迪士尼海洋
- ジェットコースター
  < je.t.to.ko.o.su.ta.a >
  雲霄飛車
- 観覧車（かんらんしゃ）
  < ka.n.ra.n.sha > 摩天輪
- メリーゴーランド
  < me.ri.i.go.o.ra.n.do >
  旋轉木馬
- フライングカーペット
  < fu.ra.i.n.gu.ka.a.pe.t.to >
  飛行魔毯
- コーヒーカップ
  < ko.o.hi.i.ka.p.pu > 咖啡杯
- ゴーカート
  < go.o.ka.a.to > 碰碰車
- 絶叫（ぜっきょう）マシーン
  < ze.k.kyo.o.ma.shi.i.n >
  尖叫雲霄飛車（因為恐怖而會喊叫的雲霄飛車）
- フリーフォール
  < fu.ri.i.fo.o.ru > 自由落體
- 射撃場（しゃげきじょう）
  < sha.ge.ki.jo.o > 靶場
- パレード
  < pa.re.e.do > 遊行
- ライブショー
  < ra.i.bu.sho.o > 現場表演
- 整理券（せいりけん）
  < se.e.ri.ke.n > 號碼牌
- 行列（ぎょうれつ）
  < gyo.o.re.tsu > 隊伍；排列

観光 觀光

STEP05

10 美術館

< bi.ju.tsu.ka.n > 美術館

旅遊會話我也會！

スタッフ： 申しわけございません。
こちらは 撮影禁止 ①です。
su.ta.f.fu　mo.o.shi.wa.ke go.za.i.ma.se.n
ko.chi.ra wa sa.tsu.e.e ki.n.shi de.su

わたし： すみません。知りませんでした。
wa.ta.shi　su.mi.ma.se.n shi.ri.ma.se.n de.shi.ta

スタッフ： 外国の方ですか。
su.ta.f.fu　ga.i.ko.ku no ka.ta de.su ka

わたし： はい。
wa.ta.shi　ha.i

スタッフ： 英語や中国語などの 音声ガイド があります。
よろしければ②、ご 利用 ください。
su.ta.f.fu　e.e.go ya chu.u.go.ku.go na.do no o.n.se.e ga.i.do ga a.ri.ma.su
yo.ro.shi.ke.re.ba go ri.yo.o ku.da.sa.i

わたし：　どうも。あの、ゴッホの絵（え）はどこですか。
wa.ta.shi　do.o.mo a.no go.h.ho no e wa do.ko de.su ka

スタッフ：　ゴッホはあちらの展示室（てんじしつ）です。
su.ta.f.fu　go.h.ho wa a.chi.ra no te.n.ji.shi.tsu de.su

中譯

工作人員： 非常抱歉。這裡禁止攝影。

我： 不好意思。我不知道。

工作人員： 您是外國人嗎？

我： 是的。

工作人員： 有英文與中文等語音導覽。需要的話，請使用。

我： 謝謝。那個，梵谷的畫在哪裡呢？

工作人員： 梵谷在那裡的展示室。

單字

1. 撮影禁止（さつえいきんし） < sa.tsu.e.e ki.n.shi > 0 名 禁止攝影

2. 音声ガイド（おんせい） < o.n.se.e.ga.i.do > 5 名 語音導覽

3. 利用（りよう） < ri.yo.o > 0 名 利用

4. ゴッホ < go.h.ho > 1 名 梵谷

5. 絵（え） < e > 1 名 畫

6. 展示室（てんじしつ） < te.n.ji.shi.tsu > 3 名 展示室

這個句型超好用！

① 禁止(きんし)

意為「禁止～」。美術館是安靜地觀賞藝術品的地方，所以大部分的美術館都有幾個禁止標誌，用來提醒觀眾。

撮影(さつえい)禁止(きんし)。（＝写真(しゃしん)を撮(と)らないで。）
sa.tsu.e.e ki.n.shi sha.shi.n o to.ra.na.i.de
禁止攝影。（＝請勿拍照。）

飲食(いんしょく)禁止(きんし)。（＝食(た)べたり飲(の)んだりしないで。）
i.n.sho.ku ki.n.shi ta.be.ta.ri no.n.da.ri shi.na.i.de
禁止飲食。（＝請勿飲食。）

携帯電話(けいたいでんわ)の使用(しよう)禁止(きんし)。
（＝携帯電話(けいたいでんわ)を使(つか)わないで。）
ke.e.ta.i.de.n.wa no shi.yo.o ki.n.shi
ke.e.ta.i.de.n.wa o tsu.ka.wa.na.i.de
禁止使用手機。（＝請勿使用手機。）

② ば

表示條件，是日語中表示條件（「たら」、「なら」、「と」等）的說法當中最典型的形式。意為「如果～的話，就～」。

よければ、使(つか)ってもいいです。
yo.ke.re.ba tsu.ka.t.te mo i.i de.su
可以的話，用也可以。

タバコを吸(す)いたければ、喫煙(きつえん)ルームがあります。
ta.ba.ko o su.i.ta.ke.re.ba ki.tsu.e.n ru.u.mu ga a.ri.ma.su
如果想抽菸的話，有吸菸房。

写真(しゃしん)を撮(と)りたければ、
フラッシュをたかないでお撮(と)りください。
sha.shi.n o to.ri.ta.ke.re.ba fu.ra.s.shu o ta.ka.na.i.de o to.ri ku.da.sa.i
想拍照的話，請不要用閃光燈拍。

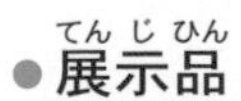

MP3 58

てんじひん
● 展示品
< te.n.ji.hi.n > 展示品

てんじぶつ
● 展示物
< te.n.ji.bu.tsu > 展示物

さくひん
● 作品
< sa.ku.hi.n > 作品

もよお　もの
● 催し物
< mo.yo.o.shi.mo.no >
藝文活動

● パンフレット
< pa.n.fu.re.t.to > 導覽手冊

えつらん
● 閲覧
< e.tsu.ra.n > 閱覽

● コレクション
< ko.re.ku.sho.n >
收集；收藏品

ちょうこく
● 彫刻
< cho.o.ko.ku > 雕刻

とうじき
● 陶磁器
< to.o.ji.ki > 陶瓷器

かいが
● 絵画
< ka.i.ga > 繪畫

あぶらえ
● 油絵
< a.bu.ra.e > 油畫

すいさいが
● 水彩画
< su.i.sa.i.ga > 水彩畫

さんすいが
● 山水画
< sa.n.su.i.ga > 山水畫

とうげい
● 陶芸
< to.o.ge.e > 陶藝

こうげいひん
● 工芸品
< ko.o.ge.e.hi.n > 工藝品

● アンティーク
< a.n.ti.i.ku > 古董

がか
● 画家
< ga.ka > 畫家

● アトリエ
< a.to.ri.e > 藝術工作室

● ギャラリー
< gya.ra.ri.i >
畫廊；美術展覽區

こきゅうはくぶつかん
● 故宮博物館
< ko.kyu.u.ha.ku.bu.tsu.ka.n >
故宮博物院

11 身の回り品をなくす

<mi.no.ma.wa.ri.hi.n o na.ku.su> 遺失隨身物品

旅遊會話我也會！

わたし： すみません、財布をなくしちゃったんですが……。
wa.ta.shi su.mi.ma.se.n sa.i.fu o na.ku.shi.cha.t.ta n de.su ga

警察官： どこでなくしたか分かるかな①。
ke.e.sa.tsu.ka.n do.ko de na.ku.shi.ta ka wa.ka.ru ka.na

わたし： そこの上野動物園です。猿かパンダのところだと思います。
wa.ta.shi so.ko no u.e.no do.o.bu.tsu.e.n de.su
sa.ru ka pa.n.da no to.ko.ro da to o.mo.i.ma.su

警察官： とりあえず②、こちらに記入してください。
ke.e.sa.tsu.ka.n to.ri.a.e.zu ko.chi.ra ni ki.nyu.u.shi.te ku.da.sa.i

わたし： すみません、外国人なんです。住所はホテルでいいですか。
wa.ta.shi su.mi.ma.se.n ga.i.ko.ku.ji.n na n de.su
ju.u.sho wa ho.te.ru de i.i de.su ka

警察官(けいさつかん)：	はい。いつまでそちらにいますか。 財布(さいふ)が見(み)つかったら、連絡(れんらく)します。
ke.e.sa.tsu.ka.n	ha.i i.tsu ma.de so.chi.ra ni i.ma.su ka sa.i.fu ga mi.tsu.ka.t.ta.ra re.n.ra.ku.shi.ma.su
わたし：	来週(らいしゅう)の月曜日(げつようび)までです。 どうぞよろしくお願(ねが)いします。
wa.ta.shi	ra.i.shu.u no ge.tsu.yo.o.bi ma.de de.su do.o.zo yo.ro.shi.ku o ne.ga.i shi.ma.su

觀光（かんこう） 觀光
STEP05

中譯

我：　不好意思，我錢包不見了……。

警察：　知道在哪裡不見的嗎？

我：　那裡的上野動物園。我想是在猴子或貓熊那個地方。

警察：　首先，請在這裡填寫。

我：　不好意思，我是外國人。地址可以寫飯店嗎？

警察：　好的。會在那裡住到什麼時候呢？如果找到錢包，我們會通知你。

我：　到下星期一。麻煩您們。

MP3 59

單字

1. 財布（さいふ） < sa.i.fu > 0 名 錢包

2. なくしちゃった < na.ku.shi.cha.t.ta > 不見了；搞丟了，
   原形為「なくす」0 動

3. 警察官（けいさつかん） < ke.e.sa.tsu.ka.n > 4 3 名 警察

4. 記入（きにゅう）して < ki.nyu.u.shi.te > 填寫，原形為「記入（きにゅう）する」0 動

5. 住所（じゅうしょ） < ju.u.sho > 1 名 地址

6. 連絡（れんらく）します < re.n.ra.ku.shi.ma.su > 聯絡，
   原形為「連絡（れんらく）する」0 動

MP3 60

這個句型超好用！

① かな

出現於句尾，屬於較不正式、隨便的口語說法。多用於說話者自言自語地向自己提出問題時，一般帶有懷疑或疑問的心情。若用於對聽話者說「かな」時，則含有希望透過疑問，將問題傳達給對方，間接表示請求或願望之意（如本文會話中的例子）。也可拉長尾音說成「かなあ」，意思相同。

財布(さいふ)の中(なか)にはいくら入(はい)ってたのかな。
sa.i.fu no na.ka ni wa i.ku.ra ha.i.t.te.ta no ka.na
錢包裡有多少錢呢？

なんでパスポートを携帯(けいたい)してないのかな。
na.n.de pa.su.po.o.to o ke.e.ta.i.shi.te.na.i no ka.na
為什麼沒有帶著護照啊？

ここに名前(なまえ)と住所(じゅうしょ)を書(か)いてくれないかな。
ko.ko ni na.ma.e to ju.u.sho o ka.i.te ku.re.na.i ka.na
不幫我在這裡寫上名字和地址嗎？

② とりあえず

意為「姑且；首先；暫時」。

とりあえず、電話（でんわ）しておきましょう。
to.ri.a.e.zu de.n.wa.shi.te o.ki.ma.sho.o
姑且，先打電話吧。

とりあえず、様子（ようす）をみましょう。
to.ri.a.e.zu yo.o.su o mi.ma.sho.o
首先，看看狀況吧。

とりあえず、お知（し）らせまで。
to.ri.a.e.zu o shi.ra.se ma.de
特此奉聞；總之先通知您。

MP3 60

- 落(おと)し物(もの)
  < o.to.shi.mo.no >
  遺失物
- 忘(わす)れ物(もの)
  < wa.su.re.mo.no >
  忘記帶、或帶走的物品
- 遺失物(いしつぶつ)
  < i.shi.tsu.bu.tsu > 遺失物
- ひったくり
  < hi.t.ta.ku.ri > 搶劫
- 泥棒(どろぼう)
  < do.ro.bo.o > 小偷
- スリ
  < su.ri > 扒手
- 痴漢(ちかん)
  < chi.ka.n > 色狼
- 強盗(ごうとう)
  < go.o.to.o > 強盜
- 火事(かじ)
  < ka.ji > 火災
- 事故(じこ)
  < ji.ko > 事故
- パトカー
  < pa.to.ka.a > 警車
- 消防車(しょうぼうしゃ)
  < sho.o.bo.o.sha > 消防車
- 救急車(きゅうきゅうしゃ)
  < kyu.u.kyu.u.sha > 救護車
- フリーダイヤル
  < fu.ri.i.da.i.ya.ru > 免付費電話
- １10番(ひゃくとおばん)
  < hya.ku.to.o.ba.n >
  110（警察局）
- １１９番(ひゃくじゅうきゅうばん)
  < hya.ku.ju.u.kyu.u.ba.n >
  119（消防局與救護車）
- 届(とど)け出(で)る
  < to.do.ke.de.ru > 申報
- 置(お)き忘(わす)れる
  < o.ki.wa.su.re.ru >
  忘記拿；遺失
- すられる
  < su.ra.re.ru > 被扒
- 盗(ぬす)まれる
  < nu.su.ma.re.ru > 被偷

知道「神社」（神社）和「お寺」（寺廟）的不同嗎？

對到日本的一般外國觀光客來說，常會感到疑惑的一件事，就是神社與寺廟的不同。不，實際上說起來，即使是日本人，絕大多數也無法說出二者間的差異。在這裡，容我簡單說明一下。

首先，祭祀神道神明的地方稱之為「神社」（神社），而供奉佛教神明的地方稱之為「お寺」（寺廟）。所謂的「神道」（神道），是指信奉眼睛所見、耳朵所聞、嘴巴所食、寄附於眾多不同場所之神明，為日本自古以來所傳承的宗教。而自佛教從海外傳承進入日本之後，原本作為修行處所的寺廟，也和神社相同，成為參拜的對象。

接著，是參拜的順序和方式也不同。

神社：一）經過「鳥居」（請參照 P163）時要鞠躬一次。

二）在「手水舎（=手水舎）」（請參照 P163）清洗手與口。

三）在神殿前祈禱，先輕輕搖鈴，再將錢丟入「**賽銭箱**（さいせんばこ）」（請參照 P163），之後鞠躬二次、拍手二次然後祈禱，祈禱結束後再鞠躬一次。

寺廟：一）從寺廟的門進入到本堂時鞠躬一次。

二）在「**手水舎**（てみずや）」清洗手與口。

三）在本堂前祈禱，寺廟裡如果有設置鐘的話，先敲鐘，再將錢丟入「**賽銭箱**（さいせんばこ）」，之後雙手合十祈禱。

四）從大門出去時，再對著本堂鞠一次躬。

俗話說得好，「**郷**（ごう）**に入**（い）**っては郷**（ごう）**に従**（したが）**え**」（入境隨俗），所以到了日本，也跟著日本人一起體驗日本「神社和寺廟」的文化吧。

Memo

グルメ gu.ru.me 美食

STEP06

1 ▶ レストランに入(はい)る　進餐廳

2 ▶ 注文(ちゅうもん)する　點餐

3 ▶ 味(あじ)　味道

4 ▶ 寿司屋(すしや)　壽司店

5 ▶ 大衆食堂(たいしゅうしょくどう)　大眾食堂

6 ▶ ラーメン屋(や)　拉麵店

7 ▶ 居酒屋(いざかや)　居酒屋

8 ▶ レストラン　西餐廳

9 ▶ 喫茶店(きっさてん)　咖啡廳

10 ▶ 会計(かいけい)する　結帳

01 レストランに入(はい)る

<re.su.to.ra.n ni ha.i.ru> 進餐廳

旅遊會話我也會！

店員(てんいん)： いらっしゃいませ。何名様(なんめいさま)でございますか。
te.n.i.n　i.ra.s.sha.i.ma.se na.n.me.e.sa.ma de go.za.i.ma.su ka

わたし： 3名(さんめい)です。
wa.ta.shi　sa.n.me.e de.su

店員(てんいん)： おタバコは吸(す)わ<u>れます</u>①か。
te.n.i.n　o ta.ba.ko wa su.wa.re.ma.su ka

わたし： いいえ。
wa.ta.shi　i.i.e

店員(てんいん)： それでは、禁煙席(きんえんせき)にご案内(あんない)いたします。
te.n.i.n　so.re.de.wa ki.n.e.n.se.ki ni go a.n.na.i i.ta.shi.ma.su

わたし： <u>できれば</u>②、窓際(まどぎわ)の席(せき)がいいんですが……。
wa.ta.shi　de.ki.re.ba ma.do.gi.wa no se.ki ga i.i n de.su ga

店員(てんいん)： かしこまりました。こちらへどうぞ。
te.n.i.n　ka.shi.ko.ma.ri.ma.shi.ta ko.chi.ra e do.o.zo

MP3 61

中譯

店員：　歡迎光臨。請問有幾位呢？

我：　三位。

店員：　請問吸菸嗎？

我：　不。

店員：　那麼，我帶您們到禁菸席。

我：　可以的話，我們想要靠窗的位子……。

店員：　好的。這邊請。

單字

1. 店員（てんいん） < te.n.i.n > 0 名 店員
2. 何名様（なんめいさま） < na.n.me.e.sa.ma > 1 名 幾位
3. ３名（さんめい） < sa.n.me.e > 1 名 三位
4. タバコ < ta.ba.ko > 0 名 香菸
5. 禁煙席（きんえんせき） < ki.n.e.n.se.ki > 4 名 禁菸席
6. 窓際（まどぎわ）の席（せき） < ma.do.gi.wa no se.ki > 靠窗的位子

STEP 06

這個句型超好用！

① れます

以「～れる」、「～られる」的形式，表示對別人所做的動作的尊敬。但沒有比「お～になる」的敬意更深。

お酒(さけ)は飲(の)ま<u>れます</u>か。
o sa.ke wa no.ma.re.ma.su ka
您要喝酒嗎？

ナイフとフォークは使(つか)わ<u>れます</u>か。
na.i.fu to fo.o.ku wa tsu.ka.wa.re.ma.su ka
您要使用刀子與叉子嗎？

そろそろ帰(かえ)ら<u>れます</u>か。
so.ro.so.ro ka.e.ra.re.ma.su ka
您差不多要回去了嗎？

MP3 62

② できれば

意為「可以的話」。

できれば、喫煙席（きつえんせき）がいいんですが……。
de.ki.re.ba ki.tsu.e.n.se.ki ga i.i n de.su ga
可以的話，（我）想要吸菸席……。

できれば、子供用（こどもよう）の椅子（いす）があるといいんですが……。
de.ki.re.ba ko.do.mo.yo.o no i.su ga a.ru to i.i n de.su ga
可以的話，有小孩用的椅子比較好……。

できれば、個室（こしつ）を用意（ようい）してもらえるとうれしいです。
de.ki.re.ba ko.shi.tsu o yo.o.i.shi.te mo.ra.e.ru to u.re.shi.i de.su
可以的話，幫我安排包廂我會很高興。

グルメ 美食

STEP06

MP3 62

- 食べる
  < ta.be.ru > 吃
- 食事する
  < sho.ku.ji.su.ru > 用餐
- 自炊する
  < ji.su.i.su.ru > 自己煮
- 外食する
  < ga.i.sho.ku.su.ru >
  外食；在外面吃
- 持ち帰り
  < mo.chi.ka.e.ri >
  外帶；帶走

- テイクアウト
  < te.e.ku.a.u.to >
  外帶；帶走，「持ち帰り」的外來語用法
- カウンター
  < ka.u.n.ta.a > 吧檯
- ウェイター
  < we.e.ta.a > 男服務生
- ウェイトレス
  < we.e.to.re.su > 女服務生
- オーナー
  < o.o.na.a > 經營者
- テーブルクロス
  < te.e.bu.ru.ku.ro.su > 桌巾
- ランチョンマット
  < ra.n.cho.n.ma.t.to > 餐墊
- ナプキン
  < na.pu.ki.n > 餐巾
- つまようじ
  < tsu.ma.yo.o.ji > 牙籤
- 喫煙席
  < ki.tsu.e.n.se.ki > 吸菸席
- テーブル席
  < te.e.bu.ru.se.ki > 桌席
- 座敷席
  < za.shi.ki.se.ki > 榻榻米席
- 座布団
  < za.bu.to.n >（和式）坐墊
- 正座
  < se.e.za > 跪坐
- 個室
  < ko.shi.tsu > 包廂

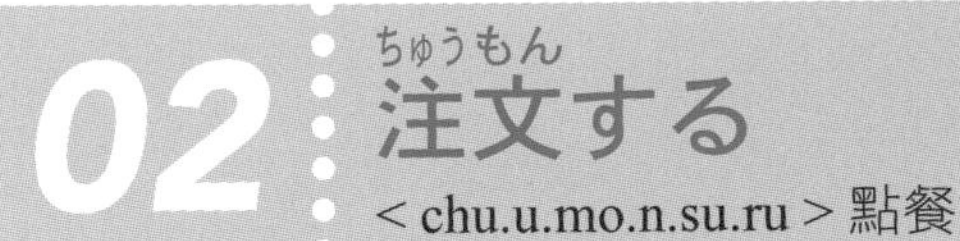

02 注文（ちゅうもん）する

＜chu.u.mo.n.su.ru＞點餐

旅遊會話我也會！

店員（てんいん）：　ご注文（ちゅうもん）はお決（き）まりですか。
te.n.i.n　go chu.u.mo.n wa o ki.ma.ri de.su ka

わたし：　（メニューを指（さ）しながら）
これとこれとこれをください。
wa.ta.shi　me.nyu.u o sa.shi.na.ga.ra
ko.re to ko.re to ko.re o ku.da.sa.i

店員（てんいん）：　オムライスとコロッケ、
ハンバーグでよろしいですか①。
te.n.i.n　o.mu.ra.i.su to ko.ro.k.ke
ha.n.ba.a.gu de yo.ro.shi.i de.su ka

わたし：　はい。
wa.ta.shi　ha.i

店員（てんいん）：　A（エー）セットからC（シー）セットまでございますが……。
te.n.i.n　e.e.se.t.to ka.ra shi.i.se.t.to ma.de go.za.i.ma.su ga

STEP06

わたし： じゃ、全部(ぜんぶ)B(ビー)セットで。
ドリンクは何(なに)がおすすめ②ですか。

wa.ta.shi ja ze.n.bu bi.i.se.t.to de
do.ri.n.ku wa na.ni ga o su.su.me de.su ka

店員(てんいん)： どれもおいしいですが、
特(とく)にシェークは人気(にんき)があります。

te.n.i.n do.re mo o.i.shi.i de.su ga
to.ku ni she.e.ku wa ni.n.ki ga a.ri.ma.su

STEP 06

中譯

店員：　決定要點餐了嗎？

我：　（一邊指著菜單）請給我們這個、這個和這個。

店員：　蛋包飯、可樂餅和漢堡排就可以了嗎？

我：　是的。

店員：　我們有A套餐到C套餐……。

我：　那麼，全部都B套餐。飲料有什麼推薦的呢？

店員：　全都好喝，但是奶昔特別受歡迎。

單字

1. **ご注文**（ちゅうもん） < go chu.u.mo.n > 點餐，禮貌語「ご」+「注文（ちゅうもん）」 0 名
2. **お決まり**（き） < o ki.ma.ri > （您）決定，禮貌語「お」+「決まり（き）」 0 名
3. **メニュー** < me.nyu.u > 1 名 菜單
4. **これ** < ko.re > 0 名 這個
5. **オムライス** < o.mu.ra.i.su > 3 名 蛋包飯
6. **Aセット**（エー） < e.e.se.t.to> 3 名 A 套餐

這個句型超好用！

① でよろしいですか

「でいいですか」的禮貌説法，服務業上常聽到。表示允許或讓步，意為「～就可以了嗎」。

コーヒーとケーキのセットでよろしいですか。
ko.o.hi.i to ke.e.ki no se.t.to de yo.ro.shi.i de.su ka
咖啡與蛋糕的套餐就可以了嗎？

これだけでよろしいですか。
ko.re da.ke de yo.ro.shi.i de.su ka
光這個就可以了嗎？

お会計はカードでよろしいですか。
o ka.i.ke.e wa ka.a.do de yo.ro.shi.i de.su ka
結帳是刷卡就可以了嗎？

② おすすめ

意為「推薦」，不知道吃什麼、喝什麼、買什麼的時候，可以用這個句型問當地人，說不定可以因此享受當地人才知道的好東西或好地方喔。

おすすめは何（なん）ですか。
o.su.su.me wa na.n de.su ka
推薦的是什麼呢？

今日（きょう）のおすすめランチは何（なん）ですか。
kyo.o no o.su.su.me ra.n.chi wa na.n de.su ka
今天的推薦午餐是什麼呢？

おすすめの料理（りょうり）があったら、教（おし）えてください。
o.su.su.me no ryo.o.ri ga a.t.ta.ra o.shi.e.te ku.da.sa.i
有推薦的料理的話，請告訴我。

（漢語用法）

- いっこ
  1個
  < i.k.ko > 一個
- にこ
  2個
  < ni.ko > 二個
- さんこ
  3個
  < sa.n.ko > 三個

- よんこ
  4個
  < yo.n.ko > 四個
- ごこ
  5個
  < go.ko > 五個
- ろっこ
  6個
  < ro.k.ko > 六個
- ななこ
  7個
  < na.na.ko > 七個
- はっこ
  8個
  < ha.k.ko > 八個
- きゅうこ
  9個
  < kyu.u.ko > 九個
- じゅっこ
  10個
  < ju.k.ko > 十個

（和語用法）

- ひと
  1つ
  < hi.to.tsu > 一個
- ふた
  2つ
  < fu.ta.tsu > 二個
- みっ
  3つ
  < mi.t.tsu > 三個
- よっ
  4つ
  < yo.t.tsu > 四個
- いつ
  5つ
  < i.tsu.tsu >五個
- むっ
  6つ
  < mu.t.tsu > 六個

- なな
  7つ
  < na.na.tsu > 七個
- やっ
  8つ
  < ya.t.tsu > 八個
- ここの
  9つ
  < ko.ko.no.tsu > 九個
- とお
  10
  < to.o > 十個

03 味（あじ）

＜a.ji＞味道

旅遊會話我也會！

わたし：　ちょっとしょっぱすぎる①んですが……。
wa.ta.shi　cho.t.to sho.p.pa.su.gi.ru n de.su ga

店員（てんいん）：　失礼（しつれい）いたしました。ただ今（いま）、お取（と）り替（か）え いたします。
te.n.i.n　shi.tsu.re.e i.ta.shi.ma.shi.ta ta.da.i.ma o to.ri.ka.e i.ta.shi.ma.su

わたし：　こっちは 味（あじ） が うすい んですが……。
wa.ta.shi　ko.c.chi wa a.ji ga u.su.i n de.su ga

店員（てんいん）：　そちらは 関西風（かんさいふう）②の 味（あじ）つけ になっております。
te.n.i.n　so.chi.ra wa ka.n.sa.i.fu.u no a.ji.tsu.ke ni na.t.te o.ri.ma.su

わたし：　そうですか。
wa.ta.shi　so.o de.su ka

店員（てんいん）：　そちらのお料理（りょうり）はいかがですか。
te.n.i.n　so.chi.ra no o ryo.o.ri wa i.ka.ga de.su ka

わたし：　こっちはとても おいしい です。
wa.ta.shi　ko.c.chi wa to.te.mo o.i.shi.i de.su

中譯

我：　太鹹了點……。

店員：　抱歉。現在立刻幫您換。

我：　這個味道很淡……。

店員：　那個是關西風的調味。

我：　是喔。

店員：　那邊的料理如何呢？

我：　這個非常好吃。

單字

1. **お取(と)り替(か)え** ＜o to.ri.ka.e＞ 更換，禮貌語「お」+「取(と)り替(か)え」 0 名

2. **味(あじ)** ＜a.ji＞ 0 名 味道

3. **うすい** ＜u.su.i＞ 0 2 イ形 淡的；薄的

4. **関西風(かんさいふう)** ＜ka.n.sa.i.fu.u＞ 0 名 關西風

5. **味(あじ)つけ** ＜a.ji.tsu.ke＞ 0 名 調味

6. **おいしい** ＜o.i.shi.i＞ 0 3 イ形 好吃的

MP3 66

這個句型超好用！

① すぎる

表示過分的狀態，意為「太；過於」。

このスープは熱（あつ）すぎます。
ko.no su.u.pu wa a.tsu.su.gi.ma.su
這碗湯太燙。

このケーキは甘（あま）すぎます。
ko.no ke.e.ki wa a.ma.su.gi.ma.su
這個蛋糕太甜。

四川料理（しせんりょうり）は辛（から）すぎて食（た）べられません。
shi.se.n.ryo.o.ri wa ka.ra.su.gi.te ta.be.ra.re.ma.se.n
四川料理太辣，無法吃。

② ～風（ふう）

表示「那種樣式；那種風格」。修飾名詞時用 名 +「風（ふう）の」+ 名 。

本店（ほんてん）の料理（りょうり）はすべてインド風（ふう）の味（あじ）つけです。
ho.n.te.n no ryo.o.ri wa su.be.te i.n.do fu.u no a.ji.tsu.ke de.su
本店的料理全部都是印度風的調味。

店員（てんいん）はみんな中国風（ちゅうごくふう）の服（ふく）を着（き）ています。
te.n.i.n wa mi.n.na chu.u.go.ku fu.u no fu.ku o ki.te i.ma.su
每一位店員都穿著中國風的衣服。

伝統料理（でんとうりょうり）を今風（いまふう）にしてみました。
de.n.to.o.ryo.o.ri o i.ma fu.u ni shi.te mi.ma.shi.ta
試著把傳統料理改變為現代風格了。

MP3 66

- おいしくない
  < o.i.shi.ku.na.i > 不好吃的
- まずい
  < ma.zu.i > 難吃的
- 甘（あま）い
  < a.ma.i > 甜的
- 辛（から）い
  < ka.ra.i > 辣的

- すっぱい
  < su.p.pa.i > 酸的
- しょっぱい
  < sho.p.pa.i > 鹹的
- 苦（にが）い
  < ni.ga.i > 苦的
- ちょうどいい
  < cho.o.do i.i > 剛剛好
- 濃（こ）い
  < ko.i > 濃的
- さっぱり
  < sa.p.pa.ri > 清淡；清爽
- こってり
  < ko.t.te.ri > 濃郁；濃厚
- あぶらっこい
  < a.bu.ra.k.ko.i > 油膩的
- 調味料（ちょうみりょう）
  < cho.o.mi.ryo.o > 調味料
- 塩（しお）
  < shi.o > 鹽

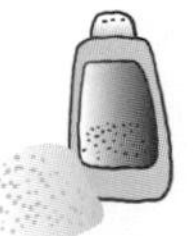

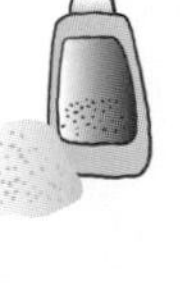

- 酢（す）
  < su > 醋
- 醤油（しょうゆ）
  < sho.o.yu > 醬油
- 味噌（みそ）
  < mi.so > 味噌
- こしょう
  < ko.sho.o > 胡椒粉
- 七味唐辛子（しちみとうがらし）
  < shi.chi.mi.to.o.ga.ra.shi >
  七味辣椒粉
- わさび
  < wa.sa.bi > 芥末

04 寿司屋(すしや)

< su.shi.ya > 壽司店

旅遊會話我也會！

寿司職人(すししょくにん)：　いらっしゃいませ。何(なん)にしますか。
su.shi.sho.ku.ni.n　i.ra.s.sha.i.ma.se na.n ni shi.ma.su ka

わたし：　まず、いか をください。
wa.ta.shi　ma.zu i.ka o ku.da.sa.i

寿司職人(すししょくにん)：　（寿司(すし)を 握(にぎ)る）どうぞ。
su.shi.sho.ku.ni.n　su.shi o ni.gi.ru do.o.zo

わたし：　おいしい。でも、わさびがちょっと多(おお)いです。
wa.ta.shi　o.i.shi.i de.mo wa.sa.bi ga cho.t.to o.o.i de.su

寿司職人(すししょくにん)：　じゃあ、少(すく)なめ①にします。お次(つぎ)は。
su.shi.sho.ku.ni.n　ja.a su.ku.na.me ni shi.ma.su o tsu.gi wa

わたし：　せっかくですから②、鮪(まぐろ) をお願(ねが)いします。
wa.ta.shi　se.k.ka.ku de.su ka.ra ma.gu.ro o o ne.ga.i shi.ma.su

寿司職人(すししょくにん)：　赤身(あかみ) と トロ がございますが……。
su.shi.sho.ku.ni.n　a.ka.mi to to.ro ga go.za.i.ma.su ga

MP3 67

中譯

壽司師傅：　歡迎光臨。要點什麼呢？

我：　　　　首先，給我花枝。

壽司師傅：（捏壽司）請。

我：　　　　好吃。但是芥末有點多。

壽司師傅：　那麼，少放一點。接下來呢？

我：　　　　難得有這個機會，麻煩給我鮪魚。

壽司師傅：　有紅肉與鮪魚肚肉……。

單字

1. 職人（しょくにん） < sho.ku.ni.n > 0 名 行家；工匠

2. いか < i.ka > 0 名 花枝；墨魚

3. 握る（にぎる） < ni.gi.ru > 0 動 握；捏

4. 鮪（まぐろ） < ma.gu.ro > 0 名 鮪魚

5. 赤身（あかみ） < a.ka.mi > 0 名 紅肉

6. トロ < to.ro > 1 名 鮪魚肚肉

這個句型超好用！

 め

接續在形容詞語幹的後面，表示程度，意為「～一點」。

大（おお）き<u>め</u>のりんごをください。
o.o.ki.me no ri.n.go o ku.da.sa.i
請給我大一點的蘋果。

少（すこ）し長（なが）<u>め</u>に切（き）ってください。
su.ko.shi na.ga.me ni ki.t.te ku.da.sa.i
請切成稍微長一點。

味（あじ）つけは薄（うす）<u>め</u>でお願（ねが）いします。
a.ji.tsu.ke wa u.su.me de o ne.ga.i shi.ma.su
麻煩調味淡一點。

MP3 68

② せっかくですから

意為「難得有這樣的機會就～；既然機會難得就～」。

せっかくですから、食（た）べてみましょう。
se.k.ka.ku de.su ka.ra ta.be.te mi.ma.sho.o
難得有此機會，就吃吃看吧。

せっかくですから、ごちそうになります。
se.k.ka.ku de.su ka.ra go.chi.so.o ni na.ri.ma.su
難得有此機會，就讓您招待了。

せっかくですから、挑戦（ちょうせん）してみます。
se.k.ka.ku de.su ka.ra cho.o.se.n.shi.te mi.ma.su
難得有這此機會，就挑戰看看。

STEP06

MP3 68

- うに
  ＜u.ni＞海膽
- いくら
  ＜i.ku.ra＞鮭魚卵
- 鮭（さけ）
  ＜sa.ke＞鮭魚

- 平目（ひらめ）
  ＜hi.ra.me＞比目魚
- 穴子（あなご）
  ＜a.na.go＞星鰻
- 海老（えび）
  ＜e.bi＞蝦子
- 玉子（たまご）
  ＜ta.ma.go＞煎蛋
- たこ
  ＜ta.ko＞章魚

- 鯖（さば）
  ＜sa.ba＞鯖魚
- 赤貝（あかがい）
  ＜a.ka.ga.i＞血蚶
- 鳥貝（とりがい）
  ＜to.ri.ga.i＞鳥貝
- つぶ貝（がい）
  ＜tsu.bu.ga.i＞螺貝
- 鯛（たい）
  ＜ta.i＞鯛魚
- 帆立（ほたて）
  ＜ho.ta.te＞扇貝
- 大（おお）トロ
  ＜o.o.to.ro＞大鮪魚肚肉
- 中（ちゅう）トロ
  ＜chu.u.to.ro＞中鮪魚肚肉
- ねぎトロ
  ＜ne.gi.to.ro＞鮪魚蔥花
- 鯵（あじ）
  ＜a.ji＞竹筴魚
- 鰯（いわし）
  ＜i.wa.shi＞沙丁魚
- 甘海老（あまえび）
  ＜a.ma.e.bi＞甜蝦

MP3 69

05 大衆食堂

たいしゅうしょくどう

< ta.i.shu.u.sho.ku.do.o > 大眾食堂

STEP 06

旅遊會話我也會！

わたし：　ランチはまだ①やってますか。

wa.ta.shi　ra.n.chi wa ma.da ya.t.te.ma.su ka

店員：　はい。

te.n.i.n　ha.i

わたし：　今日の日替わり定食は何ですか。

wa.ta.shi　kyo.o no hi.ga.wa.ri.te.e.sho.ku wa na.n de.su ka

店員：　しょうが焼きと焼き魚の2種類がございます。

te.n.i.n　sho.o.ga.ya.ki to ya.ki.za.ka.na no ni.shu.ru.i ga go.za.i.ma.su

わたし：　何の魚ですか。

wa.ta.shi　na.n no sa.ka.na de.su ka

店員：　秋刀魚です。
脂がのっててとてもおいしいですよ。
ぜひ②召し上がってみてください。

te.n.i.n　sa.n.ma de.su
a.bu.ra ga no.t.te.te to.te.mo o.i.shi.i de.su yo
ze.hi me.shi.a.ga.t.te mi.te ku.da.sa.i

わたし：　じゃあ、焼き魚の定食をください。
wa.ta.shi　ja.a ya.ki.za.ka.na no te.e.sho.ku o ku.da.sa.i

中譯

我：　還有午餐嗎？

店員：　有。

我：　今天的每日定食是什麼呢？

店員：　有薑燒豬肉與烤魚二種。

我：　什麼魚呢？

店員：　秋刀魚。油脂很多，非常好吃喔。請務必吃吃看。

我：　那麼，請給我烤魚的定食。

MP3 69

單字

1. ランチ <ra.n.chi> 1 名 午餐
2. 日替わり定食 <hi.ga.wa.ri.te.e.sho.ku> 5 名 每日定食
3. しょうが焼き <sho.o.ga.ya.ki> 0 名 薑燒豬肉
4. 焼き魚 <ya.ki.za.ka.na> 3 名 烤魚
5. 2種類 <ni.shu.ru.i> 2 名 二種
6. 秋刀魚 <sa.n.ma> 0 名 秋刀魚

這個句型超好用！

① まだ

多以「まだ～ている」的形式出現，表示同樣的狀態一直持續著，意為「還～」。

お店(みせ)はまだやっていますか。
o mi.se wa ma.da ya.t.te i.ma.su ka
店還開著嗎？

未成年(みせいねん)ですから、まだお酒(さけ)を飲(の)んではいけません。
mi.se.e.ne.n de.su ka.ra ma.da o sa.ke o no.n.de wa i.ke.ma.se.n
因為未成年，還不可以喝酒。

わたしのこと、まだ覚(おぼ)えていますか。
wa.ta.shi no ko.to ma.da o.bo.e.te i.ma.su ka
還記得我嗎？

② ぜひ

意為「一定；務必」，表示「無論如何；必須」。常和表示請求的「てください」一起使用，強調說話者的強烈願望。一般不與否定的希望表達一起使用。

ぜひ飲(の)んでみてください。
ze.hi no.n.de mi.te ku.da.sa.i
請務必喝喝看。

ぜひ試(ため)してみてください。
ze.hi ta.me.shi.te mi.te ku.da.sa.i
請務必試試看。

こちらのおかずもぜひ試食(ししょく)してください。
ko.chi.ra no o.ka.zu mo ze.hi shi.sho.ku.shi.te ku.da.sa.i
這邊的配菜也請務必試吃。

- 親子丼（おやこどん）
  ＜o.ya.ko.do.n＞親子丼
- かつ丼（どん）
  ＜ka.tsu.do.n＞炸豬排丼
- 牛丼（ぎゅうどん）
  ＜gyu.u.do.n＞牛丼
- うな丼（どん）
  ＜u.na.do.n＞鰻魚丼
- てん丼（どん）
  ＜te.n.do.n＞天婦羅丼
- 鉄火丼（てっかどん）
  ＜te.k.ka.do.n＞鮪魚丼
- 海鮮丼（かいせんどん）
  ＜ka.i.se.n.do.n＞海鮮丼
- そば
  ＜so.ba＞蕎麥麵
- うどん
  ＜u.do.n＞烏龍麵
- しゃぶしゃぶ
  ＜sha.bu.sha.bu＞涮涮鍋
- すきやき
  ＜su.ki.ya.ki＞壽喜燒
- おでん
  ＜o.de.n＞關東煮
- 鍋物（なべもの）
  ＜na.be.mo.no＞火鍋
- てんぷら
  ＜te.n.pu.ra＞天婦羅
- とんかつ
  ＜to.n.ka.tsu＞炸豬排
- 刺身（さしみ）
  ＜sa.shi.mi＞生魚片
- おにぎり
  ＜o.ni.gi.ri＞飯糰

- 冷（ひ）やし中華（ちゅうか）
  ＜hi.ya.shi.chu.u.ka＞
  中華涼麵
- 焼肉（やきにく）
  ＜ya.ki.ni.ku＞燒肉
- サラダ
  ＜sa.ra.da＞沙拉

06 ラーメン屋(や)

<ra.a.me.n.ya> 拉麵店

旅遊會話我也會！

日本人(にほんじん)： このお店(みせ)は 食券(しょっけん) を買(か)って注文(ちゅうもん)するんですよ。
ni.ho.n.ji.n　ko.no o mi.se wa sho.k.ke.n o ka.t.te chu.u.mo.n.su.ru n de.su yo

わたし： 使(つか)い方(かた)①が分(わ)かりません。
wa.ta.shi　tsu.ka.i.ka.ta ga wa.ka.ri.ma.se.n

日本人(にほんじん)： お手伝(てつだ)い します。何(なに)ラーメンがいいですか。
ni.ho.n.ji.n　o te.tsu.da.i shi.ma.su na.ni ra.a.me.n ga i.i de.su ka

わたし： そうですね。味噌(みそ)ラーメンにします。
wa.ta.shi　so.o de.su ne mi.so.ra.a.me.n ni shi.ma.su

日本人(にほんじん)： トッピング が 選(えら)べます②。
何(なに)か入(い)れたいものがありますか。
ni.ho.n.ji.n　to.p.pi.n.gu ga e.ra.be.ma.su na.ni ka i.re.ta.i mo.no ga a.ri.ma.su ka

わたし： バター と コーン を。
wa.ta.shi　ba.ta.a to ko.o.n o

日本人(にほんじん)： じゃあ、ここを押(お)してください。
ni.ho.n.ji.n　ja.a ko.ko o o.shi.te ku.da.sa.i

MP3 71

STEP 06

中譯

日本人：這家店是買餐券點菜喔。

我：我不知道用法。

日本人：我來幫忙。你要什麼拉麵呢？

我：這個嘛。我決定味噌拉麵。

日本人：可以選配料。有什麼想加的嗎？

我：奶油與玉米。

日本人：那麼，請按這裡。

單字

1. 食券（しょっけん）< sho.k.ke.n > 0 名 餐券

2. お手伝（てつだ）い < o te.tsu.da.i > 幫忙，禮貌語「お」+「手伝（てつだ）い」3 名

3. トッピング < to.p.pi.n.gu > 0 名 配料

4. 選（えら）べます < e.ra.be.ma.su > 可以選擇，原形為「選（えら）ぶ」2 動

5. バター < ba.ta.a > 1 名 奶油

6. コーン < ko.o.n > 1 名 玉米

這個句型超好用！

① 方（かた）

「方（かた）」接續在動詞「ます形」的後面，表示方法、手段、樣子、情況等。

西洋料理（せいようりょうり）の食（た）べ方（かた）が分（わ）かりません。
se.e.yo.o.ryo.o.ri no ta.be.ka.ta ga wa.ka.ri.ma.se.n
不知道西洋料理的吃法。

親子丼（おやこどん）の作（つく）り方（かた）を教（おし）えてください。
o.ya.ko.do.n no tsu.ku.ri.ka.ta o o.shi.e.te ku.da.sa.i
請教我親子丼的作法。

友（とも）だちにやり方（かた）を聞（き）きます。
to.mo.da.chi ni ya.ri.ka.ta o ki.ki.ma.su
問朋友作法。

② 選べます

表示「可能」。變化的規則為：五段活用動詞，像是「飲む→飲める」（喝→能喝）、「行く→行ける」（去→能去）等，要將「辭書形」的末尾改成「エ段」音，然後再加上「る」。而一段活用動詞，像是「食べる→食べられる」（吃→能吃）、「見る→見られる」（看→能看）等，是在語幹「食べ」、「着」、「見」的後面加上「られる」。至於變格活用，則是「来る」變成「来られる」、「する」變成「できる」。

お酒が飲めますか。
o sa.ke ga no.me.ma.su ka
你能喝酒嗎？

わたしは納豆が食べられます。
wa.ta.shi wa na.t.to.o ga ta.be.ra.re.ma.su
我能吃納豆。

今から来られますか。
i.ma ka.ra ko.ra.re.ma.su ka
現在可以來嗎？

グルメ 美食

STEP06

MP3 72

- 醤油（しょうゆ）ラーメン
  < sho.o.yu.ra.a.me.n >
  醬油拉麵
- 塩（しお）ラーメン
  < shi.o.ra.a.me.n > 鹽味拉麵
- 豚骨（とんこつ）ラーメン
  < to.n.ko.tsu.ra.a.me.n >
  豚骨拉麵
- チャーシューメン
  <cha.a.shu.u.me.n > 叉燒拉麵
- 五目（ごもく）ラーメン
  < go.mo.ku.ra.a.me.n >
  什錦拉麵

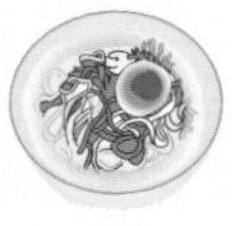

- タンメン
  < ta.n.me.n > 鹽味蔬菜拉麵
- つけ麺（めん）
  < tsu.ke.me.n > 沾麵
- タンタンメン
  < ta.n.ta.n.me.n > 擔擔麵
- 激辛（げきから）ラーメン
  < ge.ki.ka.ra.ra.a.me.n >
  麻辣拉麵
- 焼（や）き餃子（ぎょうざ）
  < ya.ki.gyo.o.za >
  煎餃；日式鍋貼
- 替（か）え玉（だま）
  < ka.e.da.ma > 追加的麵
- ライス
  < ra.i.su > 白飯
- チャーハン
  < cha.a.ha.n > 炒飯
- のり
  < no.ri > 海苔
- メンマ
  < me.n.ma > 筍乾
- ねぎ
  < ne.gi > 蔥
- わかめ
  < wa.ka.me > 裙帶芽

- ごま
  < go.ma > 芝麻
- にんにく
  < ni.n.ni.ku > 大蒜
- 紅（べに）しょうが
  < be.ni.sho.o.ga > 紅薑

07 居酒屋（いざかや）

< i.za.ka.ya > 居酒屋

旅遊會話我也會！

わたし：　すみません。注文（ちゅうもん）、お願（ねが）いします。

wa.ta.shi　su.mi.ma.se.n chu.u.mo.n o ne.ga.i shi.ma.su

店員（てんいん）：　失礼（しつれい）いたしました。

（おつまみを置（お）く）ご注文（ちゅうもん）を<u>うかがいます</u>①。

te.n.i.n　shi.tsu.re.e i.ta.shi.ma.shi.ta

o tsu.ma.mi o o.ku go chu.u.mo.n o u.ka.ga.i.ma.su

わたし：　生（なま）ビール を2つと 梅酒（うめしゅ） を1（ひと）つください。

wa.ta.shi　na.ma.bi.i.ru o fu.ta.tsu to u.me.shu o hi.to.tsu ku.da.sa.i

店員（てんいん）：　お料理（りょうり）は何（なん）にいたしましょうか。

te.n.i.n　o ryo.o.ri wa na.n ni i.ta.shi.ma.sho.o ka

わたし：　枝豆（えだまめ） と 冷奴（ひややっこ） をください。

枝豆（えだまめ）は1人（ひとり）1皿（ひとさら）<u>ずつ</u>②。

wa.ta.shi　e.da.ma.me to hi.ya.ya.k.ko o ku.da.sa.i

e.da.ma.me wa hi.to.ri hi.to.sa.ra zu.tsu

グルメ 美食

STEP06

店員： 以上でよろしいですか。
ラストオーダーは12時までですが……。

te.n.i.n i.jo.o de yo.ro.shi.i de.su ka
ra.su.to.o.o.da.a wa ju.u.ni.ji ma.de de.su ga

わたし： じゃあ、
串焼きの盛り合わせとお茶漬けを3つください。

wa.ta.shi ja.a
ku.shi.ya.ki no mo.ri.a.wa.se to o cha.zu.ke o mi.t.tsu ku.da.sa.i

MP3 73

中譯

我：	不好意思。麻煩點餐。
店員：	抱歉。（放下酒菜）請問要點什麼呢？
我：	請給我們二杯生啤酒和一杯梅酒。
店員：	料理要什麼呢？
我：	請給我們毛豆與冷豆腐。毛豆每人一盤。
店員：	以上就可以了嗎？我們最後的點餐是到十二點為止……。
我：	那麼，請給我們綜合串燒和三個茶泡飯。

單字

1. 生（なま）ビール < na.ma.bi.i.ru > 3 名 生啤酒
2. 梅酒（うめしゅ） < u.me.shu > 0 名 梅酒
3. 枝豆（えだまめ） < e.da.ma.me > 0 名 毛豆
4. 冷奴（ひややっこ） < hi.ya.ya.k.ko > 3 名 冷豆腐
5. ラストオーダー < ra.su.to.o.o.da.a > 4 名 最後點餐
6. 盛（も）り合（あ）わせ < mo.ri.a.wa.se > 0 名 綜合拼盤（盛放多種食物的拼盤）

這個句型超好用！

① うかがいます

「聞（き）く」（聽；聽説）、「尋（たず）ねる」（請教；打聽；詢問）、「問（と）う」（問）、「訪（おとず）れる」（拜訪；訪問）的自謙説法。

いつうかがいましょうか。（意思為「拜訪」）
i.tsu u.ka.ga.i.ma.sho.o ka
什麼時候拜訪您好呢？

うかがいたいことがあるんですが……。
（意思為「請教；打聽」）
u.ka.ga.i.ta.i ko.to ga a.ru n de.su ga
我有一件事想請教您……。

病気（びょうき）だとうかがいましたが、だいじょうぶですか。
（意思為「聽説」）
byo.o.ki da to u.ka.ga.i.ma.shi.ta ga da.i.jo.o.bu de.su ka
聽説您生病了，還好嗎？

MP3 74

STEP 06

❷ ずつ

意思為「每～」，表示將同等數量分發給每人。

ビールを1人（ひとり）1杯（いっぱい）ずつ持（も）ってきてください。
bi.i.ru o hi.to.ri i.p.pa.i zu.tsu mo.t.te ki.te ku.da.sa.i
請每個人各拿一杯啤酒來。

1人（ひとり）に5つ（いつ）ずつあげます。
hi.to.ri ni i.tsu.tsu zu.tsu a.ge.ma.su
給你們每個人五個。

10人（じゅうにん）ずつでグループを作（つく）ってください。
ju.u.ni.n zu.tsu de gu.ru.u.pu o tsu.ku.t.te ku.da.sa.i
請每十個人組成一個小組。

MP3 74

- 玉子焼き（たまごや）
  < ta.ma.go.ya.ki >
  玉子燒；日式煎蛋

- サイコロステーキ
  < sa.i.ko.ro.su.te.e.ki >
  牛肉塊；骰子牛肉

- 鶏（とり）のから揚（あ）げ
  < to.ri.no.ka.ra.a.ge > 炸雞塊

- お通（とお）し
  < o.to.o.shi >
  下酒菜（日本關東地區說法）

- つきだし
  < tsu.ki.da.shi >
  下酒菜（日本關西地區說法）

- 肉（にく）じゃが
  < ni.ku.ja.ga > 馬鈴薯燉肉

- 串揚（くしあ）げ
  < ku.shi.a.ge >
  炸串
  （將食物串起來以後油炸）

- もつ煮（に）
  < mo.tsu.ni > 滷內臟

- サワー
  < sa.wa.a > 沙瓦

- カクテル
  < ka.ku.te.ru > 雞尾酒

- ウイスキー
  < u.i.su.ki.i > 威士忌

- 焼酎（しょうちゅう）
  < sho.o.chu.u > 燒酒

- ロック
  < ro.k.ku >（酒）加冰塊

- 水割（みずわ）り
  < mi.zu.wa.ri >（酒）加水

- お湯割（ゆわ）り
  <o.yu.wa.ri>（酒）加熱開水

- 日本酒（にほんしゅ）
  < ni.ho.n.shu > 日本酒

- 冷酒（ひやざけ）
  < hi.ya.za.ke >
  冷酒，也可以說「冷酒（れいしゅ）」

- 熱燗（あつかん）
  < a.tsu.ka.n > 熱酒

- 乾杯（かんぱい）
  < ka.n.pa.i > 乾杯

- はしご
  < ha.shi.go > 續攤

MP3 75

08 レストラン

< re.su.to.ra.n > 西餐廳

旅遊會話我也會！

ウェーター： ご注文（ちゅうもん）はお決（き）まりですか。
we.e.ta.a　go chu.u.mo.n wa o ki.ma.ri de.su ka

わたし： はい。
明太子（めんたいこ）スパゲッティを1（ひと）つとグラタンを2（ふた）つください。
wa.ta.shi　ha.i
me.n.ta.i.ko.su.pa.ge.t.ti o hi.to.tsu to gu.ra.ta.n o fu.ta.tsu ku.da.sa.i

ウェーター： セットになさいますか。
we.e.ta.a　se.t.to ni na.sa.i.ma.su ka

わたし： セットだと何（なに）がつきます①か。
wa.ta.shi　se.t.to da to na.ni ga tsu.ki.ma.su ka

ウェーター： A（エー）セットですと お飲（の）みもの と サラダ が、
B（ビー）セットですとお飲（の）みものとサラダの他（ほか）②に
デザート がつきます。
we.e.ta.a　e.e.se.t.to de.su to o no.mi.mo.no to sa.ra.da ga
bi.i.se.t.to de.su to o no.mi.mo.no to sa.ra.da no ho.ka ni
de.za.a.to ga tsu.ki.ma.su

わたし：　　じゃあ、全部(ぜんぶ)B(ビー)セットで。
wa.ta.shi　　ja.a ze.n.bu bi.i.se.t.to de

ウェーター：かしこまりました。
we.e.ta.a　　ka.shi.ko.ma.ri.ma.shi.ta

MP3 75

中譯

男服務員： 您決定要點餐了嗎？

我： 是的。請給我們一個明太子義大利麵與二個焗烤。

男服務員： 要套餐嗎？

我： 套餐的話有附什麼嗎？

男服務員： A套餐的話附飲料和沙拉，B套餐的話附飲料和沙拉，另外還有甜點。

我： 那麼，全部都要B套餐。

男服務員： 好的。

單字

1. ウェーター < we.e.ta.a > 0 名 男服務生

2. 明太子（めんたいこ）スパゲッティ < me.n.ta.i.ko.su.pa.ge.t.ti > 8 名 明太子義大利麵

3. グラタン < gu.ra.ta.n > 0 名 焗烤

4. お飲（の）みもの < o no.mi.mo.no > 飲料，禮貌語「お」+「飲（の）みもの」 2 3 名

5. サラダ < sa.ra.da > 1 名 沙拉

6. デザート < de.za.a.to > 2 名 甜點

這個句型超好用！

① つきます

原形為「つく」，漢字為「付(つ)く」或「附(つ)く」，意思有多種，這裡的意思為「附有；附加」。

この お菓子(かし)にはおまけがついています。
ko.no o ka.shi ni wa o.ma.ke ga tsu.i.te i.ma.su
這個零食有附贈品。

10個(じゅっこ)買(か)うと、おまけがつきます。
ju.k.ko ka.u to o.ma.ke ga tsu.ki.ma.su
買十個的話附送贈品。

この雑誌(ざっし)には付録(ふろく)がついています。
ko.no za.s.shi ni wa fu.ro.ku ga tsu.i.te i.ma.su
這本雜誌附有附錄。

❷ 他（ほか）

意思為「另外；別的；其他；以外」。

それは他（ほか）の人（ひと）の料理（りょうり）です。
so.re wa ho.ka no hi.to no ryo.o.ri de.su
那是別人的菜。

食（た）べる他（ほか）に興味（きょうみ）はありません。
ta.be.ru ho.ka ni kyo.o.mi wa a.ri.ma.se.n
除了吃之外，其他沒興趣。

他（ほか）のことなら仕方（しかた）ないですが、これだけは譲（ゆず）れません。
ho.ka no ko.to na.ra shi.ka.ta.na.i de.su ga ko.re da.ke wa yu.zu.re.ma.se.n
其他的事的話就沒辦法，但惟獨這件事我無法讓步。

グルメ 美食

STEP06

MP3 76

西餐廳

旅遊單字吃到飽！

- **オムレツ**
  < o.mu.re.tsu > 煎蛋捲
- **ビーフシチュー**
  < bi.i.fu.shi.chu.u > 牛肉濃湯
- **ハヤシライス**
  < ha.ya.shi.ra.i.su >
  日式燉牛肉飯
- **カレーライス**
  < ka.re.e.ra.i.su > 咖哩飯
- **コロッケ**
  < ko.ro.k.ke > 可樂餅
- **ドリア**
  < do.ri.a > 奶油焗烤飯
- **クリームシチュー**
  < ku.ri.i.mu.shi.chu.u >
  奶油濃湯
- **ロールキャベツ**
  < ro.o.ru.kya.be.tsu >
  高麗菜捲
- **ローストビーフ**
  < ro.o.su.to.bi.i.fu > 烤牛肉
- **海老（えび）フライ**
  < e.bi.fu.ra.i > 炸蝦
- **牡蠣（かき）フライ**
  < ka.ki.fu.ra.i > 炸牡蠣
- **いかフライ**
  < i.ka.fu.ra.i > 炸花枝
- **ピザ**
  < pi.za > 披薩
- **パエリア**
  < pa.e.ri.a > 西班牙海鮮燉飯
- **キャンセル**
  < kya.n.se.ru > 取消
- **食事（しょくじ）といっしょ**
  < sho.ku.ji to i.s.sho >
  和餐點一起（上）

- **食前（しょくぜん）**
  < sho.ku.ze.n > 餐前
- **食後（しょくご）**
  < sho.ku.go > 餐後
- **礼儀（れいぎ）**
  < re.e.gi > 禮貌；禮儀
- **マナー**
  < ma.na.a > 禮節

MP3 77

09 きっさてん 喫茶店
< ki.s.sa.te.n > 咖啡廳

旅遊會話我也會！

ウェートレス：コーヒー の おかわり はいかがですか。
we.e.to.re.su ko.o.hi.i no o.ka.wa.ri wa i.ka.ga de.su ka

わたし：おかわり？
wa.ta.shi o.ka.wa.ri

ウェートレス：はい。コーヒーは 無料(むりょう) でおかわりできます①。
we.e.to.re.su ha.i ko.o.hi.i wa mu.ryo.o de o.ka.wa.ri.de.ki.ma.su

わたし：そうですか。じゃあ、お願(ねが)いします。
wa.ta.shi so.o de.su ka ja.a o ne.ga.i shi.ma.su

ウェートレス：かしこまりました。
お砂糖(さとう)と ミルク はいかがですか。
we.e.to.re.su ka.shi.ko.ma.ri.ma.shi.ta o sa.to.o to mi.ru.ku wa i.ka.ga de.su ka

わたし：いえ、けっこう②です。
wa.ta.shi i.e ke.k.ko.o de.su

ウェートレス：ごゆっくり どうぞ。
we.e.to.re.su go yu.k.ku.ri do.o.zo

STEP 06

STEP06

中譯

女服務員：　您的咖啡要再續杯嗎？

我：　續杯？

女服務員：　是的。咖啡可以免費續杯。

我：　是嗎。那麼，麻煩你。

女服務員：　好的。糖與奶球如何呢？

我：　不，不用。

女服務員：　請慢用。

單字

1. ウェートレス < we.e.to.re.su > 1 名 女服務生

2. コーヒー < ko.o.hi.i > 3 名 咖啡

3. おかわり < o.ka.wa.ri > 2 名 續杯；再來一碗

4. 無料（むりょう） < mu.ryo.o > 0 名 免費

5. ミルク < mi.ru.ku > 1 名 奶精；奶球；牛奶

6. ごゆっくり < go yu.k.ku.ri > 請慢用，
   禮貌語「ご」+「ゆっくり」 3 副

STEP 06

這個句型超好用！

① できます

意為「能；可以；辦得到」。

お願い（ねが）できますか。
o ne.ga.i de.ki.ma.su ka
能拜託您嗎？

喫煙（きつえん）できる場所（ばしょ）はどこですか。
ki.tsu.e.n.de.ki.ru ba.sho wa do.ko de.su ka
可以抽菸的地方在哪裡呢？

食事（しょくじ）できる時間（じかん）は限（かぎ）られています。
sho.ku.ji.de.ki.ru ji.ka.n wa ka.gi.ra.re.te i.ma.su
能吃東西的時間有限制。

❷ けっこう

意思多種，必須依前後文來判斷意思。會話裡的用法，是以下第二個例句的「不用」。

けっこうなお味（あじ）です。（意思為「好極；滿好」）
ke.k.ko.o.na o a.ji de.su
非常好的味道。

おなかがいっぱいですから、もうけっこうです。
（意思為「不用；不需要」）
o.na.ka ga i.p.pa.i de.su ka.ra mo.o ke.k.ko.o de.su
因為肚子好飽，所以不用了。

今日（きょう）がむりなら、明日（あした）でけっこうですよ。
（意思為「～就可以」）
kyo.o ga mu.ri.na.ra a.shi.ta de ke.k.ko.o de.su yo
如果今天不行的話，明天也沒關係喔。

- チェーン店（てん）
  < che.e.n.te.n > 連鎖店
- アメリカン
  < a.me.ri.ka.n > 美式咖啡
- ブレンド
  < bu.re.n.do > 綜合咖啡
- エスプレッソ
  < e.su.pu.re.s.so >
  義式濃縮咖啡
- カプチーノ
  < ka.pu.chi.i.no > 卡布奇諾
- カフェラテ
  < ka.fe.ra.te > 拿鐵咖啡

- カフェモカ
  < ka.fe.mo.ka > 摩卡咖啡
- アイスコーヒー
  < a.i.su.ko.o.hi.i > 冰咖啡
- アイスティー
  < a.i.su.ti.i > 冰紅茶
- ミルクティー
  < mi.ru.ku.ti.i > 奶茶
- アールグレー
  < a.a.ru.gu.re.e > 伯爵紅茶
- ダージリン
  < da.a.ji.ri.n > 大吉嶺紅茶
- レモンティー
  < re.mo.n.ti.i > 檸檬紅茶
- アップルティー
  < a.p.pu.ru.ti.i > 蘋果紅茶
- ハーブティー
  < ha.a.bu.ti.i > 花草茶
- ジャスミンティー
  < ja.su.mi.n.ti.i > 茉莉花茶
- ココア
  < ko.ko.a > 可可亞
- スイーツ
  < su.i.i.tsu > 甜點

- ケーキ
  < ke.e.ki > 蛋糕
- シュークリーム
  < shu.u.ku.ri.i.mu > 泡芙

10 会計（かいけい）する

<ka.i.ke.e.su.ru> 結帳

旅遊會話我也會！

わたし：　会計（かいけい）をお願（ねが）いします。
wa.ta.shi　ka.i.ke.e o o ne.ga.i shi.ma.su

店員（てんいん）：　７番（ななばん）テーブルのお客様（きゃくさま）ですね①。
お会計（かいけい）は別々（べつべつ）②になさいますか。
te.n.i.n　na.na.ba.n te.e.bu.ru no o kya.ku.sa.ma de.su ne
o ka.i.ke.e wa be.tsu.be.tsu ni na.sa.i.ma.su ka

わたし：　いえ、いっしょで。カードは使（つか）えますか。
wa.ta.shi　i.e i.s.sho de ka.a.do wa tsu.ka.e.ma.su ka

店員（てんいん）：　はい、どうぞ。
合（あ）わせて６８９０円（ろくせんはっぴゃくきゅうじゅうえん）でございます。
te.n.i.n　ha.i do.o.zo
a.wa.se.te ro.ku.se.n.ha.p.pya.ku.kyu.u.ju.u.e.n de go.za.i.ma.su

わたし：　（カードを渡（わた）す）
wa.ta.shi　ka.a.do o wa.ta.su

MP3 79

店員（てんいん）： おあずかりいたします。
こちらに サイン をお願（ねが）いいたします。

te.n.i.n o a.zu.ka.ri i.ta.shi.ma.su
ko.chi.ra ni sa.i.n o o ne.ga.i i.ta.shi.ma.su

わたし： （サインをする）

wa.ta.shi sa.i.n o su.ru

グルメ 美食
STEP06

中譯

我：　　麻煩結帳。

店員：　七桌的客人，對吧。結帳分開算嗎？

我：　　不，一起。可以用信用卡嗎？

店員：　是，請（用）。總共是六千八百九十日圓。

我：　　（遞給信用卡）

店員：　收下您的卡片。麻煩您在這裡簽名。

我：　　（簽名）

單字

1. 会計（かいけい） < ka.i.ke.e > 0 名 結帳

2. 7番（ななばん）テーブル < na.na.ba.n.te.e.bu.ru > 5 名 第七桌

3. 別々（べつべつ） < be.tsu.be.tsu > 0 名 ナ形 分開（的）

4. カード < ka.a.do > 1 名 卡片

5. 使（つか）えます < tsu.ka.e.ma.su > 使用，原形為「使（つか）う」 0 動

6. サイン < sa.i.n > 1 名 簽名

這個句型超好用！

1 ですね

表示「確認」，意為「對吧；沒錯吧」。

失礼(しつれい)ですが、お名前(なまえ)は山田(やまだ)さまでよろしいですね。
shi.tsu.re.e de.su ga o na.ma.e wa ya.ma.da sa.ma de yo.ro.shi.i de.su ne
不好意思，您的大名是山田先生對吧。

ご予約(よやく)は6月22日(ろくがつにじゅうににち)の夜7時(よるしちじ)ですね。
go yo.ya.ku wa ro.ku.ga.tsu ni.ju.u.ni.ni.chi no yo.ru shi.chi.ji de.su ne
您預約的是六月二十二日的晚上七點對吧。

カードでお支払(しはら)いですね。
ka.a.do de o shi.ha.ra.i de.su ne
用信用卡支付對吧。

② 別々（べつべつ）

意為「分別；各自；各別」。

お支払（しはら）いは別々（べつべつ）になさいますか。
o shi.ha.ra.i wa be.tsu.be.tsu ni na.sa.i.ma.su ka
結帳分開算嗎？

別々（べつべつ）のお車（くるま）をご用意（ようい）しましょうか。
be.tsu.be.tsu no o ku.ru.ma o go yo.o.i.shi.ma.sho.o ka
需要準備各別的車嗎？

別々（べつべつ）のお皿（さら）に分（わ）けてお召（め）し上（あ）がりになりますか。
be.tsu.be.tsu no o sa.ra ni wa.ke.te o me.shi.a.ga.ri ni na.ri.ma.su ka
分到各自的盤上用餐嗎？

MP3 80

- テーブルチャージ
  < te.e.bu.ru.cha.a.ji >
  座席費（某些餐廳或酒吧會依桌次或人頭額外計費）
- サービス料
  < sa.a.bi.su.ryo.o > 服務費
- 消費税
  < sho.o.hi.ze.e > 消費税
- 税込み
  < ze.e.ko.mi > 含稅
- カウンター席
  < ka.u.n.ta.a.se.ki > 吧檯座位
- 大盛り
  < o.o.mo.ri > 大碗
- グルメ
  < gu.ru.me > 美食；美食家
- 食べ歩き
  < ta.be.a.ru.ki >
  一攤接著一攤吃
- 立ち食い
  < ta.chi.gu.i > 站著吃
- ファーストフード
  < fa.a.su.to.fu.u.do > 速食
- ベジタリアン
  < be.ji.ta.ri.a.n > 素食主義者
- 魚貝アレルギー
  < gyo.ka.i.a.re.ru.gi.i >
  對海鮮過敏
- 大好物
  < da.i.ko.o.bu.tsu >
  非常喜歡的食物
- 苦手
  < ni.ga.te > 不拿手；不喜歡
- 好き嫌い
  < su.ki.ki.ra.i >
  好惡；挑剔
- 食欲
  < sho.ku.yo.ku > 食慾
- 領収書
  < ryo.o.shu.u.sho > 收據
- レシート
  < re.shi.i.to > 發票
- 割り勘
  < wa.ri.ka.n >
  各自付費；分開結帳
- おごる
  < o.go.ru > 請客

TOMOKO
老師的行李箱

享受日本當地才有的美食吧！

曾有到過日本的台灣朋友跟我說，他覺得日本人的「セットメニュー」（套餐）很奇怪。比方說「ラーメンセット」（拉麵套餐；除了有主食拉麵外，還附白飯與煎餃），日本人覺得拉麵與煎餃味道濃，所以配白飯或啤酒一起吃剛剛好，但對台灣人來說，一個套餐裡有三個主食很特別吧。還有很多人覺得奇怪的組合有「カレーライスと餃子のセット」（咖哩飯與煎餃的套餐）、「天丼とそばのセット」（天婦羅丼與蕎麥麵的套餐）等，究竟怎麼一回事？有興趣的讀者就去吃吃看吧。

當然，在日本不可不吃的美食，就屬「握り寿司」（握壽司）了。但是你知道它的正確吃法嗎？有些人認為吃壽司要有順序，必須先從薑開始，然後吃清淡口味的魚肉，而鮪魚肚等味道濃厚的魚肉最後再吃。但也有很多人認為，想吃什麼就吃什麼，開心比順序更重要。至於該用筷子還是手吃呢？在日本，也有不提供筷子的壽司店，這意味著你必須用手來吃。在這樣的店裡，如果你想使用筷子，壽司師傅會認為你不懂吃壽司的規矩。但一般壽司店沒有這樣的規定，且從衛生的角度來看，用筷子的確沒有什麼不好。

有關正確的吃法，我在台灣看過不少人吃生魚片時，會把芥末與醬油攪拌在一起，然後拿魚肉沾著吃。也曾經看過有人吃握壽司的時候，連醋飯都一起去沾醬油。在日本，像這樣飯粒跟著放進醬油碟子裡，壽司師傅看到一定會嚇壞的。正確吃壽司的方法如下：（一）先準備好一碟醬油；（二）夾一點點芥末放上魚肉（要多嗆辣可自行調整）；（三）把魚肉朝下、輕輕沾醬油，這時候千萬別把醋飯朝下；（四）一次入口，這時候千萬別咬半口就把壽司放回盤子裡，因為這對壽司師傅不太尊敬，好像在說他做得不好吃。看了這麼多規矩，開始覺得麻煩嗎？其實不會啦，最重要的還是開心吃，有機會試著照上述規則吃看看吧。

Memo

ショッピング sho.p.pi.n.gu 購物

STEP07

1 ▶ 商品(しょうひん)を探(さが)す　尋找商品

2 ▶ 値段(ねだん)を聞(き)く　詢問價錢

3 ▶ 好(この)みを伝(つた)える　表達喜好

4 ▶ 試着(しちゃく)する　試穿

5 ▶ ねぎる　殺價

6 ▶ スーパー　超市

7 ▶ デパート　百貨公司

8 ▶ コンビニ　便利商店

9 ▶ 電器屋(でんきや)　電器用品店

10 ▶ ドラッグストア　藥妝店

01 商品（しょうひん）を探（さが）す

＜sho.o.hi.n o sa.ga.su＞尋找商品

旅遊會話我也會！

店員（てんいん）：　いらっしゃいませ。何（なに）かお探（さが）しですか。
te.n.i.n　i.ra.s.sha.i.ma.se na.ni ka o sa.ga.shi de.su ka

わたし：　ＵＳＢ（ユーエスビー）メモリを……。
wa.ta.shi　yu.u.e.su.bi.i.me.mo.ri o

店員（てんいん）：　それでしたら、
右（みぎ）から３番目（さんばんめ）の通路（つうろ）にあります。
te.n.i.n　so.re de.shi.ta.ra
mi.gi ka.ra sa.n.ba.n.me no tsu.u.ro ni a.ri.ma.su

わたし：　どうも。あっ、すみません、
それから小（ちい）さめのスピーカーはおいてあります①か。
wa.ta.shi　do.o.mo a.t su.mi.ma.se.n
so.re.ka.ra chi.i.sa.me no su.pi.i.ka.a wa o.i.te a.ri.ma.su ka

店員（てんいん）：　小（ちい）さめのスピーカーですか。
パソコンにおつなぎするものですか。
te.n.i.n　chi.i.sa.me no su.pi.i.ka.a de.su ka
pa.so.ko.n ni o tsu.na.gi su.ru mo.no de.su ka

MP3 81

わたし：　そうです。
wa.ta.shi　so.o de.su

店員（てんいん）：　それでしたら、
パソコンの コーナー で探（さが）してみて②ください。
te.n.i.n　so.re de.shi.ta.ra
pa.so.ko.n no ko.o.na.a de sa.ga.shi.te mi.te ku.da.sa.i

ショッピング 購物

STEP07

中譯

店員：　歡迎光臨。您在找什麼東西呢？

我：　隨身碟……。

店員：　那個的話，在右邊算起來的第三條通道。

我：　謝謝。啊，不好意思，還有，有賣小一點的喇叭嗎？

店員：　小一點的喇叭嗎？接在電腦的那種嗎？

我：　是的。

店員：　那樣的話，請在電腦區找找看。

單字

1. ＵＳＢメモリ（ユーエスビー）< yu.u.e.su.bi.i.me.mo.ri > 7 名 隨身碟

2. 通路（つうろ）< tsu.u.ro > 1 名 通路

3. 小さめ（ちい）< chi.i.sa.me > 0 名 ナ形 小一點（的）

4. スピーカー < su.pi.i.ka.a > 0 2 名 喇叭

5. おつなぎする < o tsu.na.gi su.ru >（幫您）接，禮貌語「お」＋「つなぎ」＋「する」，原形為「つなぐ」0 動

6. コーナー < ko.o.na.a > 1 名 隅；角；角落

MP3 82

這個句型超好用！

1 てある

接續在動詞後面，表示某人的行為動作的結果所留下來的某種狀態。一般而言，會以動詞的目的語作為句子的主語，而動作者本身雖然不出現在句子當中，但仍能讓人感受到動作者的存在。

パスポートはかばんの中（なか）に入（い）れてあります。
pa.su.po.o.to wa ka.ba.n no na.ka ni i.re.te a.ri.ma.su
護照放在包包裡面。

窓（まど）が開（あ）けてあります。
ma.do ga a.ke.te a.ri.ma.su
窗戶打開著。

旅行（りょこう）の準備（じゅんび）はしてあります。
ryo.ko.o no ju.n.bi wa shi.te a.ri.ma.su
準備好旅行。

❷ てみて

意為「試試看」，表示採取實際行動，雖然有試著去做的意志，但實際上不一定有行動。

このジャケットを着(き)てみてもいいですか。
ko.no ja.ke.t.to o ki.te mi.te mo i.i de.su ka
可以試穿這件夾克嗎？

ぜひ食(た)べてみてください。
ze.hi ta.be.te mi.te ku.da.sa.i
請你務必吃吃看。

使(つか)ってみなければ、分(わ)かりません。
tsu.ka.t.te mi.na.ke.re.ba wa.ka.ri.ma.se.n
沒有試用的話，不會知道。

MP3 82

3C產品

● コンピューター
< ko.n.pyu.u.ta.a > 電腦

● パソコン
< pa.so.ko.n > 個人電腦

● ノートブック
< no.o.to.bu.k.ku >
筆記型電腦

● デスクトップ
< de.su.ku.to.p.pu >
桌上型電腦

● 電子辞書（でんしじしょ）
< de.n.shi.ji.sho > 電子字典

● ｉPad（アイパッド）
< a.i.pa.d.do > iPad

● ｉPhone（アイフォン）
< a.i.fo.n > iPhone

● 携帯（けいたい）
< ke.e.ta.i > 手機

● モデム
< mo.de.mu > 數據機

● ディスクドライブ
< di.su.ku.do.ra.i.bu > 磁碟機

● ディスク
< di.su.ku > 光碟

● モニター
< mo.ni.ta.a >（電腦）螢幕

● ＤＶＤ（ディーブイディー）プレーヤー
< di.i.bu.i.di.i.pu.re.e.ya.a >
DVD 播放機

● ＭＰ３（エムピースリー）プレーヤー
< e.mu.pi.i.su.ri.i.pu.re.e.ya.a >
MP3 播放機

● マウス
< ma.u.su > 滑鼠

● スマホ
< su.ma.ho >
智慧型手機，「スマートフォン」的簡稱

● スキャナー
< su.kya.na.a > 掃描機

● フロッピーディスク
< fu.ro.p.pi.i.di.su.ku >
（電腦）磁片；（電腦）軟碟

● キーボード
< ki.i.bo.o.do > 鍵盤

● プリンター
< pu.ri.n.ta.a > 印表機

02 値段(ねだん)を聞(き)く

<ne.da.n o ki.ku> 詢問價錢

旅遊會話我也會！

店員(てんいん)：　いらっしゃいませ。
te.n.i.n　i.ra.s.sha.i.ma.se

わたし：　すみません、これはいくらですか。
wa.ta.shi　su.mi.ma.se.n ko.re wa i.ku.ra de.su ka

店員(てんいん)：　１２８０円(せんにひゃくはちじゅうえん)です。
te.n.i.n　se.n.ni.hya.ku.ha.chi.ju.u.e.n de.su

わたし：　高(たか)い ですね①。お金(かね)が 足(た)りません。
じゃあ、これは？
wa.ta.shi　ta.ka.i de.su ne o ka.ne ga ta.ri.ma.se.n
ja.a ko.re wa

店員(てんいん)：　そちらは ９９０円(きゅうひゃくきゅうじゅうえん)です。
とても お買(か)い得(どく) ですよ②。
te.n.i.n　so.chi.ra wa kyu.u.hya.ku.kyu.u.ju.u.e.n de.su
to.te.mo o ka.i.do.ku de.su yo

MP3 83

わたし：　じゃ、こっちの安(やす)いのをください。
wa.ta.shi　ja ko.c.chi no ya.su.i no o ku.da.sa.i

店員(てんいん)：　かしこまりました。
ポイントカードはお持(も)ちですか。
te.n.i.n　ka.shi.ko.ma.ri.ma.shi.ta
po.i.n.to.ka.a.do wa o mo.chi de.su ka

ショッピング 購物

STEP07

中譯

店員：　歡迎光臨。

我：　請問，這個多少錢呢？

店員：　一千二百八十日圓。

我：　好貴喔。錢不夠。那麼，這個呢？

店員：　那個是九百九十日圓。很划算喔。

我：　那麼，請給我這個便宜的。

店員：　好的。您有集點卡嗎？

單字

1. 高（たか）い < ta.ka.i > 2 イ形 貴的；高的

2. 足（た）りません < ta.ri.ma.se.n > 不夠，原形為「足（た）りる」0 動 足夠

3. お買（か）い得（どく） < o ka.i.do.ku > 划算，禮貌語「お」+「買（か）い得（どく）」0 名

4. 安（やす）い < ya.su.i > 2 イ形 便宜的

5. ポイントカード < po.i.n.to.ka.a.do > 5 名 集點卡

6. お持（も）ち < o mo.chi > （您）持有，禮貌語「お」+「持（も）つ」1 動

這個句型超好用！

❶ ね

語尾助詞。意思有多種，説明如下。

今日(きょう)はいいお天気(てんき)です<u>ね</u>。（表示「徵求對方同意」的語氣）
kyo.o wa i.i o te.n.ki de.su ne
今天天氣真好啊。

ずいぶん歩(ある)いたから、つかれたでしょう<u>ね</u>。
（表示「和對方確認」的語氣）
zu.i.bu.n a.ru.i.ta ka.ra tsu.ka.re.ta de.sho.o ne
走很多路，所以累了吧。

悲(かな)しそうです<u>ね</u>。何(なに)かあったんですか。
（表示「輕微的感嘆」的語氣）
ka.na.shi.so.o de.su ne na.ni ka a.t.ta n de.su ka
看起來很難過啊。發生什麼事了嗎？

❷ よ

語尾助詞。意思有多種，說明如下。

そろそろ出発の時間ですよ。

（提醒對方注意、或請對方接受自己的意見時的加強語氣）

so.ro.so.ro shu.p.pa.tsu no ji.ka.n de.su yo

差不多是該出發的時間喔。

うちにあるのに、なんでまた買うんだよ。

（與疑問詞一起用，表示「輕微責怪或質問」的語氣）

u.chi ni a.ru no.ni na.n.de ma.ta ka.u n da yo

家裡明明已經有了，為什麼還要買！

お茶でも飲もうよ。（表示「強調主觀要求」的語氣）

o cha de.mo no.mo.o yo

喝點茶吧。

少し休もうよ。（表示「勸誘」的語氣）

su.ko.shi ya.su.mo.o yo

休息一下吧。

がんばったってむりだよ。

（表示「輕微的感動或失望」的語氣）

ga.n.ba.t.ta.t.te mu.ri.da yo

再怎麼努力也不行啊。

付費

旅遊單字吃到飽！

- しはらい
  支払い
  < shi.ha.ra.i > 付費

- **カード**
  < ka.a.do > 信用卡，「クレジットカード」的簡稱

- げんきん
  現金
  < ge.n.ki.n > 現金，也可以用外來語「キャッシュ」

- いっかつばら
  一括払い
  < i.k.ka.tsu.ba.ra.i > 一次付清

- ぶんかつばら
  分割払い
  < bu.n.ka.tsu.ba.ra.i >
  分期付款

- さんかいばら
  3 回払い
  < sa.n.ka.i.ba.ra.i > 分三期付款

- ろっかいばら
  6 回払い
  < ro.k.ka.i.ba.ra.i > 分六期付款

- じゅうにかいばら
  1 2回払い
  < ju.u.ni.ka.i.ba.ra.i >
  分十二期付款

- しへい
  紙幣
  < shi.he.e > 紙鈔

- こうか
  硬貨
  < ko.o.ka > 硬幣

- いちえん
  1 円
  < i.chi.e.n > 一日圓

- ごえん
  5円
  < go.e.n > 五日圓

- じゅうえん
  10 円
  < ju.u.e.n > 十日圓

- ごじゅうえん
  5 0 円
  < go.ju.u.e.n > 五十日圓

- ひゃくえん
  100円
  < hya.ku.e.n > 一百日圓

- ごひゃくえん
  5 00 円
  < go.hya.ku.e.n > 五百日圓

- せん えん
  1000円
  < se.n.e.n > 一千日圓

- に せん えん
  2000円
  < ni.se.n.e.n > 二千日圓

- ご せん えん
  5000円
  < go.se.n.e.n > 五千日圓

- いち まん えん
  1 0000円
  < i.chi.ma.n.e.n > 一萬日圓

STEP 07

03 好(この)みを伝(つた)える

< ko.no.mi o tsu.ta.e.ru > 表達喜好

旅遊會話我也會！

わたし： すみません、これの 色(いろ)ちがい ①はありますか。
wa.ta.shi su.mi.ma.se.n ko.re no i.ro.chi.ga.i wa a.ri.ma.su ka

店員(てんいん)： そちらの スカート でしたら、
ほかに黒(くろ)と茶色(ちゃいろ)がございますが……。
te.n.i.n so.chi.ra no su.ka.a.to de.shi.ta.ra
ho.ka ni ku.ro to cha.i.ro ga go.za.i.ma.su ga

わたし： ハワイで着(き)るので、
白(しろ)とかピンクとか 明(あか)るめ の色(いろ)がいいんですが……。
wa.ta.shi ha.wa.i de ki.ru no.de
shi.ro to.ka pi.n.ku to.ka a.ka.ru.me no i.ro ga i.i n de.su ga

店員(てんいん)： そうですか。
それでしたら、こちらの ワンピース なんかどうですか。
te.n.i.n so.o de.su ka
so.re.de.shi.ta.ra ko.chi.ra no wa.n.pi.i.su na.n.ka do.o de.su ka

MP3 85

わたし：　ワンピースはあまり②好(す)きじゃないんです。
もっときちんとした感(かん)じのがいいんですが……。

wa.ta.shi　wa.n.pi.i.su wa a.ma.ri su.ki.ja na.i n de.su
mo.t.to ki.chi.n.to shi.ta ka.n.ji no ga i.i n de.su ga

STEP 07

店員(てんいん)：　それなら、こちらのスカートはいかがですか。
上(うえ)に白(しろ)のブラウスを合(あ)わせると、すてきですよ。

te.n.i.n　so.re na.ra ko.chi.ra no su.ka.a.to wa i.ka.ga de.su ka
u.e ni shi.ro no bu.ra.u.su o a.wa.se.ru to su.te.ki de.su yo

わたし：　いいですね。それにします。

wa.ta.shi　i.i de.su ne so.re ni shi.ma.su

中譯

我： 請問，有這個的不同顏色的嗎？

店員： 那件裙子的話，其他還有黑色和棕色……。

我： 因為要在夏威夷穿，所以想要白色、粉紅色等等亮一點的顏色……。

店員： 是喔。那樣的話，這件連身裙之類的如何呢？

我： 我不太喜歡連身裙。我喜歡感覺更正式一點的……。

店員： 那麼，這件裙子如何呢？上面搭配白色女性襯衫的話，很漂亮喔。

我： 很好耶。就決定買那一件。

單字

1. 色（いろ）ちがい < i.ro.chi.ga.i > 不同顏色

2. スカート < su.ka.a.to > 2 名 裙子

3. 明（あか）るめ < a.ka.ru.me > 0 ナ形 亮一點（的）

4. ワンピース < wa.n.pi.i.su > 3 名 連身裙

5. ブラウス < bu.ra.u.su > 2 名 女性襯衫

6. すてき < su.te.ki > 0 ナ形 漂亮（的）；棒（的）；厲害（的）

這個句型超好用！

① ちがい

意為「差異；不同」。如會話裡「色（いろ）ちがい」（不同顏色）一樣，「ちがい」的前面加了名詞之後，會有「不同的～」、「相差～」等多種意思。

勘（かん）ちがいしないでください。
ka.n.chi.ga.i.shi.na.i.de ku.da.sa.i
不要誤會。

店員（てんいん）の手（て）ちがいです。
te.n.i.n no te.chi.ga.i de.su
店員弄錯了。

えっ、人（ひと）ちがいじゃありませんか。
e.t hi.to.chi.ga.i ja a.ri.ma.se.n ka
咦，認錯人了吧？

② あまり

「あまり」後面接否定，意為「（不）太～；（不）很～」。也可以把「あまり」換成「たいして」或「それほど」，意思大同小異。

お金（かね）がないので、あまり買（か）えません。
o ka.ne ga na.i no.de a.ma.ri ka.e.ma.se.n
因為沒錢，不能買很多。

そのスタイルは、あまり好（す）きじゃありません。
so.no su.ta.i.ru wa a.ma.ri su.ki ja a.ri.ma.se.n
那種款式，我不太喜歡。

あまりほしくありません。
a.ma.ri ho.shi.ku a.ri.ma.se.n
不太想要。

MP3 86

旅遊單字吃到飽！

顏色

- 色（いろ）
  < i.ro > 顏色
- 黒（くろ）
  < ku.ro > 黑色
- 白（しろ）
  < shi.ro > 白色
- 赤（あか）
  < a.ka > 紅色
- 青（あお）
  < a.o > 藍色
- 緑（みどり）
  < mi.do.ri > 綠色
- 黄色（きいろ）
  < ki.i.ro > 黃色
- ピンク
  < pi.n.ku > 粉紅色
- 茶色（ちゃいろ）
  < cha.i.ro > 棕色；咖啡色
- グレー
  < gu.re.e > 灰色
- 紫（むらさき）
  < mu.ra.sa.ki > 紫色
- 紺（こん）
  < ko.n > 深藍色
- 水色（みずいろ）
  < mi.zu.i.ro > 水藍色
- オレンジ
  < o.re.n.ji > 橘色；橙色
- ゴールド
  < go.o.ru.do > 金色
- シルバー
  < shi.ru.ba.a > 銀色
- ベージュ
  < be.e.ju > 米色
- カーキ
  < ka.a.ki > 卡其色
- 薄（うす）い色（いろ）
  < u.su.i i.ro > 淺色
- 濃（こ）い色（いろ）
  < ko.i i.ro > 深色

04 試着する

＜shi.cha.ku.su.ru＞試穿

旅遊會話我也會！

わたし： これ、試着してもいいですか①。
wa.ta.shi ko.re shi.cha.ku.shi.te mo i.i de.su ka

店員： はい、どうぞ。
te.n.i.n ha.i do.o.zo

わたし： 試着室はどこですか。
wa.ta.shi shi.cha.ku.shi.tsu wa do.ko de.su ka

店員： あちらです。ご案内します。
te.n.i.n a.chi.ra de.su go a.n.na.i.shi.ma.su

わたし： （試着している②）
wa.ta.shi shi.cha.ku.shi.te i.ru

店員： いかがですか。
te.n.i.n i.ka.ga de.su ka

わたし： ちょっときついです。これと同じものでLはありますか。
wa.ta.shi cho.t.to ki.tsu.i de.su ko.re to o.na.ji mo.no de e.ru wa a.ri.ma.su ka

MP3 87

中譯

我：　這個，可以試穿嗎？

店員：好的，請。

我：　試衣間在哪裡呢？

店員：在那裡。我帶您過去。

我：　（正在試穿）

店員：如何呢？

我：　有點緊。有和這個同款的L嗎？

單字

1. 試着（しちゃく）して < shi.cha.ku.shi.te > 試穿，原形為「試着（しちゃく）する」0 動
2. 試着室（しちゃくしつ） < shi.cha.ku.shi.tsu > 3 名 試衣間
3. ご案内（あんない）します < go a.n.na.i.shi.ma.su > 我帶您過去，禮貌語「ご」＋「案内（あんない）する」3 動
4. きつい < ki.tsu.i > 0 2 イ形 緊的
5. 同（おな）じ < o.na.ji > 0 ナ形 一樣（的）；同樣（的）
6. L（エル） < e.ru > 1 名 L（尺寸）

STEP 07

ショッピング 購物

STEP07

這個句型超好用！

1 てもいいですか

用於請問對方是否許可與允許時。也可以説「てもかまいませんか」，意為「可以～嗎；～也行嗎」。

このズボンをはいてもいいですか。
ko.no zu.bo.n o ha.i.te mo i.i de.su ka
可以穿這件褲子嗎？

この帽子(ぼうし)をかぶってもいいですか。
ko.no bo.o.shi o ka.bu.t.te mo i.i de.su ka
可以戴這頂帽子嗎？

マネキンのサングラスを取(と)ってもらってもいいですか。
ma.ne.ki.n no sa.n.gu.ra.su o to.t.te mo.ra.t.te mo i.i de.su ka
可以把人形模特兒戴的太陽眼鏡拿下來給我嗎？

MP3 88

② ている

意為「正在（做）」，表示該動作或作用正在持續的過程當中。

今（いま）、何（なに）をし<u>ています</u>か。
i.ma na.ni o shi.te i.ma.su ka
現在正在做什麼呢？

外（そと）は雨（あめ）が降（ふ）っ<u>ています</u>。
so.to wa a.me ga fu.t.te i.ma.su
外面正下著雨。

係（かかり）の者（もの）がM（エム）サイズのものを取（と）りにいっ<u>ています</u>。
ka.ka.ri no mo.no ga e.mu sa.i.zu no mo.no o to.ri ni i.t.te i.ma.su
負責的人正去拿M尺寸的東西。

STEP07

MP3 88

- 鏡（かがみ）
  < ka.ga.mi > 鏡子
- サイズ
  < sa.i.zu > 尺寸
- S（エス）
  < e.su > S（尺寸）
- M（エム）
  < e.mu > M（尺寸）
- L（エル）
  < e.ru > L（尺寸）
- ＬＬ（エルエル）
  < e.ru.e.ru > LL（尺寸），
  依品牌標示之不同，
  有「ＸＬ（エックスエル）」「２Ｌ（ツーエル）」之分，
  但意思相同
- F（エフ）
  < e.fu >
  F（尺寸），也可説成「フリーサイズ」（單一尺寸）
- 大（おお）きい
  < o.o.ki.i > 大的
- 小（ちい）さい
  < chi.i.sa.i > 小的
- きつい
  < ki.tsu.i > 緊的
- ゆるい
  < yu.ru.i > 鬆的
- 長（なが）い
  < na.ga.i > 長的
- 短（みじか）い
  < mi.ji.ka.i > 短的
- 大（おお）きさ
  < o.o.ki.sa > 大小
- 長（なが）さ
  < na.ga.sa > 長度
- 丈（たけ）
  < ta.ke > 長度
- 裾（すそ）上（あ）げ
  < su.so.a.ge > 下襬改短
- 直（なお）す
  < na.o.su > 修改
- お直（なお）し代（だい）
  < o na.o.shi.da.i > 修改費
- ちょうどいい
  < cho.o.do i.i > 剛剛好

MP3 89

05 ねぎる

< ne.gi.ru > 殺價

旅遊會話我也會！

わたし： これはいくらですか。
wa.ta.shi ko.re wa i.ku.ra de.su ka

店員（てんいん）： ２８０円（にひゃくはちじゅうえん）。
te.n.i.n ni.hya.ku.ha.chi.ju.u.e.n

わたし： もう少（すこ）し安（やす）くなりませんか。
wa.ta.shi mo.o su.ko.shi ya.su.ku na.ri.ma.se.n ka

店員（てんいん）： １つ（ひと）じゃちょっと……。
te.n.i.n hi.to.tsu ja cho.t.to

わたし： じゃあ、5個（ごこ）買（か）います。
wa.ta.shi ja.a go.ko ka.i.ma.su

店員（てんいん）： 10個（じゅっこ）買（か）ったら、全部（ぜんぶ）で2500円（にせんごひゃくえん）にしてあげます①よ。
te.n.i.n ju.k.ko ka.t.ta.ra ze.n.bu de ni.se.n.go.hya.ku.e.n ni shi.te a.ge.ma.su yo

わたし： あと②200円（にひゃくえん）まけてください。
wa.ta.shi a.to ni.hya.ku.e.n ma.ke.te ku.da.sa.i

ショッピング 購物

STEP07

中譯

我：　這是多少錢呢？

店員：　二百八十日圓。

我：　能不能再便宜點呢？

店員：　一個的話，有點……。

我：　那麼，買五個。

店員：　買十個的話，算你全部二千五百日圓唷。

我：　請再便宜二百日圓。

單字

1. 1つ（ひと） < hi.to.tsu > [2] [名] 一個

2. 5個（ごこ） < go.ko > [1] [名] 五個

3. 10個（じゅっこ） < ju.k.ko > [1] [名] 十個

4. 全部（ぜんぶ） < ze.n.bu > [1] [名] 一共

5. あと < a.to > [1] [副] 還；再

6. まけて < ma.ke.te > 算便宜，原形為「まける」 [0] [動]

MP3 90

這個句型超好用！

1 てあげます

表示説話者為別人做某件事，意為「為～做～；幫～做～」。

母(はは)に新(あたら)しい服(ふく)を買(か)ってあげました。
ha.ha ni a.ta.ra.shi.i fu.ku o ka.t.te a.ge.ma.shi.ta
我為母親買了新衣服。

父(ちち)を日本(にほん)へ連(つ)れて行(い)ってあげたいです。
chi.chi o ni.ho.n e tsu.re.te i.t.te a.ge.ta.i de.su
我想帶父親去日本。

写真(しゃしん)を撮(と)ってあげましょうか。
sha.shi.n o to.t.te a.ge.ma.sho.o ka
要不要幫你拍照呢？

② あと

「あと」有「後面」、「以後」、「其次」、「結果」、「後任」、「另外」等多種意思，因此必須依前後文來判斷。如果「あと」的後面接數量詞的話，一定是「還有；再有」的意思。它表示在現在的狀態上加上一定的數量，用於表示加上該數量就具備了成立某件事的條件時。

りんごをあと3(みっ)つください。
ri.n.go o a.to mi.t.tsu ku.da.sa.i
請再給我三個蘋果。

あと1時間(いちじかん)あれば、買(か)い終(お)わります。
a.to i.chi.ji.ka.n a.re.ba ka.i.o.wa.ri.ma.su
如果還有一個小時的話，就會買完。

その店(みせ)には、あと10分(じゅっぷん)くらいでつきます。
so.no mi.se ni wa a.to ju.p.pu.n ku.ra.i de tsu.ki.ma.su
到那一家店，大約再十分鐘就會到。

阿美橫購物街（東京上野站附近）

MP3 90

- 大売出し（おおうりだし）
  < o.o.u.ri.da.shi > 大拍賣
- 割引き（わりびき）
  < wa.ri.bi.ki > 折扣
- セール
  < se.e.ru > 打折
- 半額（はんがく）
  < ha.n.ga.ku > 半價
- 6割引き（ろくわりびき）
  < ro.ku.wa.ri.bi.ki > 打四折
- 60パーセントオフ（ろくじゅっ）
  < ro.ku.ju.p.pa.a.se.n.to.o.fu > 打四折
- 乾物類（かんぶつるい）
  < ka.n.bu.tsu.ru.i > 南北貨
- 昆布（こんぶ）
  < ko.n.bu > 昆布

- 干し椎茸（ほししいたけ）
  < ho.shi.shi.i.ta.ke > 乾香菇
- 水産加工品（すいさんかこうひん）
  < su.i.sa.n.ka.ko.o.hi.n > 海產加工品
- するめ
  < su.ru.me > 魷魚乾
- ちりめんじゃこ
  < chi.ri.me.n.ja.ko > 魩仔魚
- 桜海老（さくらえび）
  < sa.ku.ra.e.bi > 櫻花蝦
- ピーナッツ
  < pi.i.na.t.tsu > 花生
- 缶詰（かんづめ）
  < ka.n.zu.me > 罐頭
- スナック菓子（がし）
  < su.na.k.ku.ga.shi > 零食
- せんべい
  < se.n.be.e > 米果；煎餅
- あめ
  < a.me > 糖果

- チョコレート
  < cho.ko.re.e.to > 巧克力
- クッキー
  < ku.k.ki.i > 餅乾
- 偽ブランド（にせ）
  < ni.se.bu.ra.n.do > 仿冒品；假名牌

06 スーパー

< su.u.pa.a > 超市

旅遊會話我也會！

わたし：　なんで①こんなに 混(こ)んでる んですか。
wa.ta.shi　na.n de ko.n.na.ni ko.n.de.ru n de.su ka

店員(てんいん)：　特売(とくばい)セールがあるんです。
来月(らいげつ) 閉店(へいてん)する ので、
今日(きょう)と明日(あした)は商品(しょうひん)の全部(ぜんぶ)が6割引(ろくわりび)き②なんです。
te.n.i.n　to.ku.ba.i.se.e.ru ga a.ru n de.su
ra.i.ge.tsu he.e.te.n.su.ru no.de
kyo.o to a.shi.ta wa sho.o.hi.n no ze.n.bu ga ro.ku.wa.ri.bi.ki na n de.su

わたし：　じゃ、がんばって買(か)わなきゃ。
すみません、日用品売(にちようひんう)り場(ば)はどこですか。
wa.ta.shi　ja ga.n.ba.t.te ka.wa.na.kya
su.mi.ma.se.n ni.chi.yo.o.hi.n.u.ri.ba wa do.ko de.su ka

店員(てんいん)：　一番(いちばん) 奥(おく) の コーナー にありますよ。
te.n.i.n　i.chi.ba.n o.ku no ko.o.na.a ni a.ri.ma.su yo

わたし：　どうも。あっ、それから飲(の)み物(もの)は？
wa.ta.shi　do.o.mo a.t so.re.ka.ra no.mi.mo.no wa

店員(てんいん)：　ジュース類(るい)は入口近(いりぐちちか)くの 棚(たな) にあります。
ビールとかの アルコール飲料(いんりょう) なら、あちらです。
te.n.i.n　ju.u.su.ru.i wa i.ri.gu.chi chi.ka.ku no ta.na ni a.ri.ma.su
bi.i.ru to.ka no a.ru.ko.o.ru i.n.ryo.o na.ra a.chi.ra de.su

わたし：　どうも。
wa.ta.shi　do.o.mo

中譯

我：　　為什麼這麼多人啊？

店員：　有特賣會。因為下個月店要關掉，所以今天和明天所有的商品都打四折。

我：　　那麼，不用力採購不行。請問，日用品賣場在哪裡呢？

店員：　在最裡面的角落那裡喔。

我：　　謝謝。啊，還有飲料呢？

店員：　果汁類的在入口附近的架上。啤酒之類的酒精飲料的話，在那裡。

我：　　謝謝。

單字

1. 混(こ)んでる＜ko.n.de.ru＞擁擠（著）；塞滿（著），原形為「混(こ)む」1 動

2. 閉店(へいてん)する＜he.e.te.n.su.ru＞0 動 打烊；（店）關閉

3. 奥(おく)＜o.ku＞1 名 裡面

4. コーナー＜ko.o.na.a＞1 名 隅；角；角落

5. 棚(たな)＜ta.na＞0 名 櫃子；架

6. アルコール飲料(いんりょう)＜a.ru.ko.o.ru.i.n.ryo.o＞6 名 含酒精的飲料

這個句型超好用！

① なんで

比「なぜ」或「どうして」更口語的說法，多用於反問。意為「為什麼」。

こんなに安(やす)いのに、なんで買(か)わないんですか。
ko.n.na.ni ya.su.i no.ni na.n.de ka.wa.na.i n de.su ka
明明這麼便宜，為什麼不買呢？

なんで買(か)っちゃいけないんですか。
na.n.de ka.c.cha i.ke.na.i n de.su ka
為什麼不可以買呢？

なんでこんなに行列(ぎょうれつ)してるんですか。
na.n.de ko.n.na.ni gyo.o.re.tsu.shi.te.ru n de.su ka
為什麼這麼多人在排隊啊？

② 6割引き（ろくわりびき）

按字面上的意義來解釋的話，若原價為十，「6割引き（ろくわりびき）」就是減去六成，也就是中文說的四折的意思。日本人習慣用便宜了多少來描述打折，所以「6割引き（ろくわりびき）」的另外一個說法是「60（ろくじゅっ）パーセントオフ」。而如果是「5割引き（ごわりびき）」（打五折）的話，除了「50（ごじゅっ）パーセントオフ」的說法之外，也可以說成「半額（はんがく）」（打對折），請一起記住。

このシャツも6割引き（ろくわりびき）ですか。
ko.no sha.tsu mo ro.ku.wa.ri.bi.ki de.su ka
這件襯衫也打四折嗎？

ワンピースは6割引き（ろくわりびき）じゃないんですか。
wa.n.pi.i.su wa ro.ku.wa.ri.bi.ki ja na.i n de.su ka
連身裙不是打四折嗎？

こちらの商品（しょうひん）はすべて6割引き（ろくわりびき）です。
ko.chi.ra no sho.o.hi.n wa su.be.te ro.ku.wa.ri.bi.ki de.su
這邊的產品全部都是打四折。

超市

旅遊單字吃到飽！

● レジ
< re.ji > 收銀台

● カート
< ka.a.to > 推車

● かご
< ka.go > 籃子

● バーコード
< ba.a.ko.o.do > 條碼

● スキャナー
< su.kya.na.a > 條碼掃描器

● レジ袋（ぶくろ）
< re.ji.bu.ku.ro >
（商店提供的免費）塑膠袋

● マイバッグ
< ma.i.ba.g.gu > 自備袋

● 試食（ししょく）
< shi.sho.ku > 試吃

● パン < pa.n > 麵包

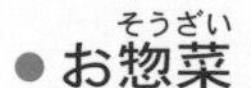

● お物菜（そうざい）
< o so.o.za.i > 熟食

● 生鮮食品（せいせんしょくひん）
< se.e.se.n.sho.ku.hi.n >
生鮮食品

● 冷凍食品（れいとうしょくひん）
< re.e.to.o.sho.ku.hi.n >
冷凍食品

● 魚介類（ぎょかいるい）
< gyo.ka.i.ru.i > 海鮮類

● 菓子類（かしるい）
< ka.shi.ru.i > 零食類

● 肉類（にくるい）
< ni.ku.ru.i > 肉類

● 乳製品（にゅうせいひん）
< nyu.u.se.e.hi.n > 乳製品

● インスタントラーメン
< i.n.su.ta.n.to.ra.a.me.n >
速食麵

● カップラーメン
< ka.p.pu.ra.a.me.n > 杯麵

● ふりかけ
< fu.ri.ka.ke > 香鬆

● お茶漬けの素（ちゃづ・もと）
< o.cha.zu.ke no mo.to >
茶泡飯調味包

07 デパート

< de.pa.a.to > 百貨公司

旅遊會話我也會！

わたし： すみません、
母(はは)は足(あし)が悪(わる)いので車椅子(くるまいす)を貸(か)してもらえますか。
wa.ta.shi su.mi.ma.se.n
ha.ha wa a.shi ga wa.ru.i no.de ku.ru.ma.i.su o ka.shi.te mo.ra.e.ma.su ka

案内係(あんないがかり)： はい。今(いま)、持(も)ってまいります①ので、
少々(しょうしょう)お待(ま)ちください。
a.n.na.i.ga.ka.ri ha.i i.ma mo.t.te ma.i.ri.ma.su no.de
sho.o.sho.o o ma.chi ku.da.sa.i

わたし： どうも。
wa.ta.shi do.o.mo

案内係(あんないがかり)： お待(ま)たせいたしました。お母様(かあさま)、こちらへどうぞ。
a.n.na.i.ga.ka.ri o ma.ta.se i.ta.shi.ma.shi.ta o.ka.a.sa.ma ko.chi.ra e do.o.zo

わたし： （母親(ははおや)を車椅子(くるまいす)に座(すわ)らせる②）
wa.ta.shi ha.ha.o.ya o ku.ru.ma.i.su ni su.wa.ra.se.ru

MP3 93

案内係（あんないがかり）： お買（か）い物（もの）は、お2人（ふたり）でだいじょうぶですか。
必要（ひつよう）でしたら、付（つ）き添（そ）いますが……。

a.n.na.i.ga.ka.ri o ka.i.mo.no wa o fu.ta.ri de da.i.jo.o.bu de.su ka
hi.tsu.yo.o de.shi.ta.ra tsu.ki.so.i.ma.su ga

わたし： いえ、だいじょうぶです。
ありがとうございます。

wa.ta.shi i.e da.i.jo.o.bu de.su
a.ri.ga.to.o go.za.i.ma.su

STEP 07

ショッピング 購物

STEP07

中譯

我：　　　　請問，因為我母親的腳不好，可否借輪椅呢？

帶路員工：　好的。現在去拿，所以請等一下。

我：　　　　謝謝。

帶路員工：　讓您們久等了。這位媽媽，這邊請。

我：　　　　（讓母親坐在輪椅上）

帶路員工：　購物，您們兩位沒問題嗎？需要的話，我會陪伴……。

我：　　　　不，沒問題的。謝謝您。

單字

1. 足（あし）＜a.shi＞ 2 名 腳
2. 悪い（わるい）＜wa.ru.i＞ 2 イ形 不好的；壞的；糟的
3. 車椅子（くるまいす）＜ku.ru.ma.i.su＞ 3 名 輪椅
4. 案内係（あんないがかり）＜a.n.na.i.ga.ka.ri＞ 5 名 帶路員工
5. 様（さま）＜sa.ma＞ 2 名 先生；小姐（的敬稱）
6. 付き添います（つきそいます）＜tsu.ki.so.i.ma.su＞陪伴，原形為「付き添う（つきそう）」 3 動

MP3 94

這個句型超好用！

❶ てまいります

「て来ます」（來）、「て行きます」（去）的謙讓語或禮貌語。

先に行って、予約してまいります。
sa.ki ni i.t.te yo.ya.ku.shi.te ma.i.ri.ma.su
我先去預約。

お金を払ってまいりますので、こちらでお待ちください。
o ka.ne o ha.ra.t.te ma.i.ri.ma.su no.de ko.chi.ra de o ma.chi ku.da.sa.i
我去付錢，所以請您在這裡等。

チケットを買ってまいりますので、少々お待ちください。
chi.ke.t.to o ka.t.te ma.i.ri.ma.su no.de sho.o.sho.o o ma.chi ku.da.sa.i
我去買票，所以請您稍等。

② せる

意為「叫～；讓～；令～」，是動詞的「使役形」。變化方式如下：五段活用動詞時，動+「せる」，例如「行く→行かせる」（去→讓人去）、「書く→書かせる」（寫→讓人寫），只要將該動詞的辭書形末尾的假名變為「あ段」再加上「せる」即可。而一段活用動詞時，例如「着る→着させる」（穿→讓人穿）、「食べる→食べさせる」（吃→讓人吃），只要在動詞語幹「着」或「食べ」後面加上「させる」即可。至於變格活用動詞，「する」要變成「させる」、「来る」要變成「来させる」。

お母さんが赤ちゃんにミルクを飲ませます。
（飲む→飲ませる）
o.ka.a.sa.n ga a.ka.cha.n ni mi.ru.ku o no.ma.se.ma.su
媽媽讓嬰兒喝奶。

子供に自分で服を着させます。（着る→着させる）
ko.do.mo ni ji.bu.n.de fu.ku o ki.sa.se.ma.su
讓孩子自己穿衣服。

祖父にご飯を食べさせます。（食べる→食べさせる）
so.fu ni go.ha.n o ta.be.sa.se.ma.su
讓祖父吃飯。

MP3 94

● 案内所（あんないじょ）
< a.n.na.i.jo > 詢問處

● エレベーター
< e.re.be.e.ta.a > 電梯

● エスカレーター
< e.su.ka.re.e.ta.a > 手扶梯

● クリアランスセール
< ku.ri.a.ra.n.su.se.e.ru >
換季大拍賣

● 感謝祭（かんしゃさい）
< ka.n.sha.sa.i > 酬賓大拍賣

● 誕生祭（たんじょうさい）
< ta.n.jo.o.sa.i > 週年慶

● 婦人服（ふじんふく）
< fu.ji.n.fu.ku > 女裝

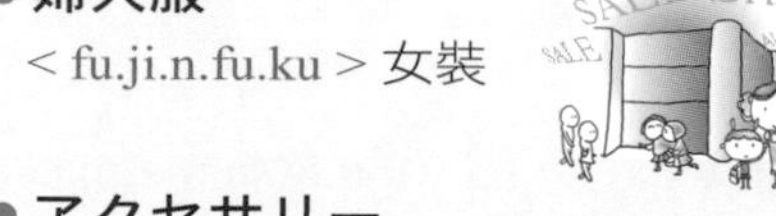

● アクセサリー
< a.ku.se.sa.ri.i > 配件；飾品

● ランジェリー
< ra.n.je.ri.i > 內衣內褲

● 紳士服（しんしふく）
< shi.n.shi.fu.ku > 男裝

● 電化製品（でんかせいひん）
< de.n.ka.se.e.hi.n > 電器產品

● 本（ほん）
< ho.n > 書

● インテリア
< i.n.te.ri.a > 家飾

● 化粧品（けしょうひん）
< ke.sho.o.hi.n > 化妝品

● 靴（くつ）
< ku.tsu > 鞋子

● 子ども服（こどもふく）
< ko.do.mo.fu.ku > 童裝

● おもちゃ
< o.mo.cha > 玩具

● ヤングファッション
< ya.n.gu.fa.s.sho.n >
青少年服飾

● スポーツ用品（ようひん）
< su.po.o.tsu.yo.o.hi.n >
運動器材

● レストラン街（がい）
< re.su.to.ra.n.ga.i >
美食街；美食區

08 コンビニ

<ko.n.bi.ni> 便利商店

旅遊會話我也會！

店員（てんいん）：　いらっしゃいませ。
te.n.i.n　i.ra.s.sha.i.ma.se

わたし：　（商品（しょうひん）を レジカウンター に 置（お）く）
昼（ひる）どき①は混（こ）んでますね。
wa.ta.shi　sho.o.hi.n o re.ji.ka.u.n.ta.a ni o.ku
hi.ru do.ki wa ko.n.de.ma.su ne

店員（てんいん）：　ええ。お客様（きゃくさま）、
こちらの お弁当（べんとう） と 焼（や）きそば は 温（あたた）めます ②か。
te.n.i.n　e.e o kya.ku.sa.ma
ko.chi.ra no o be.n.to.o to ya.ki.so.ba wa a.ta.ta.me.ma.su ka

わたし：　ええ、お願（ねが）いします。
wa.ta.shi　e.e o ne.ga.i shi.ma.su

店員（てんいん）：　パン はどうしますか。
te.n.i.n　pa.n wa do.o shi.ma.su ka

MP3 95

わたし：	それはいいです。
wa.ta.shi	so.re wa i.i de.su
店員（てんいん）：	袋（ふくろ）は冷（つめ）たい飲（の）み物（もの）と別々（べつべつ）にしておきますね。
te.n.i.n	fu.ku.ro wa tsu.me.ta.i no.mi.mo.no to be.tsu.be.tsu ni shi.te o.ki.ma.su ne

ショッピング 購物

STEP07

中譯

店員：　歡迎光臨。

我：　（把商品放在收銀櫃台）午餐時間人好多喔。

店員：　是啊。客人，這裡的便當與炒麵要加熱嗎？

我：　是的，麻煩你。

店員：　麵包怎麼辦呢？

我：　那個不用。

店員：　袋子（我幫你）跟冷飲分開裝喔。

MP3 95

單字

1. レジカウンター < re.ji.ka.u.n.ta.a > 4 名 收銀櫃台

2. 置(お)く < o.ku > 0 動 放

3. お弁当(べんとう) < o be.n.to.o > 便當，禮貌語「お」+「弁当(べんとう)」 3 名

4. 焼(や)きそば < ya.ki.so.ba > 0 名 炒麵

5. 温(あたた)めます < a.ta.ta.me.ma.su > 加熱，原形為「温(あたた)める」 4 動

6. パン < pa.n > 1 名 麵包

這個句型超好用！

❶ どき

意為「時；時候」，表示當那樣的事情發生或舉行或正興旺時候，正是最適合做那些事情的時節。

梅雨（つゆ）どきは、さっぱりしたものがよく売（う）れます。
tsu.yu.do.ki wa sa.p.pa.ri.shi.ta mo.no ga yo.ku u.re.ma.su
梅雨季節，清淡口味的東西賣得最好。

食事（しょくじ）どきは、
コンビニもサラリーマンでいっぱいになります。
sho.ku.ji.do.ki wa
ko.n.bi.ni mo sa.ra.ri.i.ma.n de i.p.pa.i ni na.ri.ma.su
用餐時間，連便利商店也變成滿滿都是上班族。

年末（ねんまつ）は、どこの店（みせ）もみな書（か）き入（い）れどきです。
ne.n.ma.tsu wa do.ko no mi.se mo mi.na ka.ki.i.re.do.ki de.su
歲末時，哪裡的店都是生意繁忙的時候。

② 温(あたた)めます

意為「加熱」。便利商店裡的熟食，除了沙拉或涼麵等食物之外，基本上加熱會比較好吃。但由於日本人習慣吃冷便當，所以有時候店員沒有主動說「温(あたた)めますか」（要不要加熱呢）時，你只要說「温(あたた)めてもらえますか」（可以幫我加熱嗎）就可以喔。

おにぎりは温(あたた)めますか。
o.ni.gi.ri wa a.ta.ta.me.ma.su ka
飯糰要加熱嗎？

温(あたた)めないでいいです。
a.ta.ta.me.na.i.de i.i de.su
不加熱也可以。

電子(でんし)レンジで温(あたた)めてもらってもいいですか。
de.n.shi.re.n.ji de a.ta.ta.me.te mo.ra.t.te mo i.i de.su ka
可以用微波爐幫我加熱嗎？

MP3 96

STEP 07

- サンドイッチ
  < sa.n.do.i.c.chi > 三明治
- おにぎり
  < o.ni.gi.ri > 飯糰

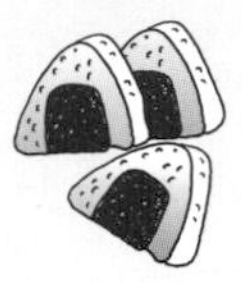

- うどん
  < u.do.n > 烏龍麵
- サラダ
  < sa.ra.da > 沙拉
- ミネラルウォーター
  < mi.ne.ra.ru.wo.o.ta.a > 礦泉水
- ビール
  < bi.i.ru > 啤酒
- お茶（ちゃ）
  < o cha > 茶
- 炭酸飲料（たんさんいんりょう）
  < ta.n.sa.n.i.n.ryo.o > 碳酸飲料

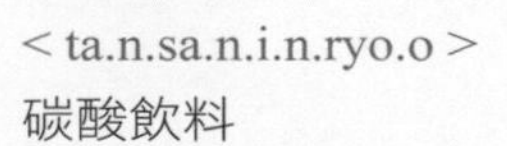

- ヨーグルト
  < yo.o.gu.ru.to > 優格
- プリン
  < pu.ri.n > 布丁
- アイスクリーム
  < a.i.su.ku.ri.i.mu > 冰淇淋

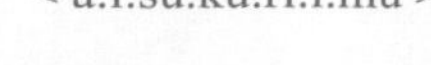

- ATM（エーティーエム）
  < e.e.ti.i.e.mu > ATM
- FAX（ファックス）
  < fa.k.ku.su > 傳真機
- コピー機（き）
  < ko.pi.i.ki > 影印機
- 歯（は）ブラシ
  < ha.bu.ra.shi > 牙刷
- 絆創膏（ばんそうこう）
  < ba.n.so.o.ko.o > OK 繃
- 雑誌（ざっし）
  < za.s.shi > 雜誌
- 傘（かさ）
  < ka.sa > 傘
- ストッキング
  < su.to.k.ki.n.gu > 絲襪
- ナプキン
  < na.pu.ki.n > 衛生棉

09 電器屋（でんきや）

< de.n.ki.ya > 電器用品店

旅遊會話我也會！

わたし：　このゲームソフトの最新（さいしん）モデルはもう入（はい）ってますか。

wa.ta.shi　ko.no ge.e.mu.so.fu.to no sa.i.shi.n mo.de.ru wa mo.o ha.i.t.te.ma.su ka

店員（てんいん）：　少々（しょうしょう）お待（ま）ちください。

担当（たんとう）の者（もの）に電話（でんわ）で確認（かくにん）してみます。

te.n.i.n　sho.o.sho.o o ma.chi ku.da.sa.i

ta.n.to.o no mo.no ni de.n.wa de ka.ku.ni.n.shi.te mi.ma.su

（店員（てんいん）が電話（でんわ）をしている）

te.n.i.n ga de.n.wa o shi.te i.ru

店員（てんいん）：　お待（ま）たせいたしました。

そちらは来週（らいしゅう）の水曜日（すいようび）に入（はい）るそうです。

te.n.i.n　o ma.ta.se i.ta.shi.ma.shi.ta

so.chi.ra wa ra.i.shu.u no su.i.yo.o.bi ni ha.i.ru so.o de.su

わたし：　しあさって国（くに）に戻（もど）るので、

それじゃ間（ま）に合（あ）いません①。

wa.ta.shi　shi.a.sa.t.te ku.ni ni mo.do.ru no.de

so.re ja ma.ni.a.i.ma.se.n

店員（てんいん）：　外国（がいこく）の方（かた）ですか。
他店（たてん）に電話（でんわ）して聞（き）いてみます。
あれば 取（と）り寄（よ）せして 、
あさってお渡（わた）しできるかもしれません②。

te.n.i.n　ga.i.ko.ku no ka.ta de.su ka
ta.te.n ni de.n.wa.shi.te ki.i.te mi.ma.su
a.re.ba to.ri.yo.se.shi.te
a.sa.t.te o wa.ta.shi de.ki.ru ka.mo.shi.re.ma.se.n

わたし：　ほんとうですか。お願（ねが）いします。

wa.ta.shi　ho.n.to.o de.su ka o ne.ga.i shi.ma.su

ショッピング 購物
STEP07

中譯

我：　這個電玩軟體的最新機種已經進貨了嗎？

店員：　請稍等。我打電話給負責人確認看看。

（店員正在打電話）

店員：　讓您久等了。聽說那是下星期三進貨。

我：　因為大後天就要回國，所以那樣來不及。

店員：　是外國人嗎？我打電話到別家店問問看。
　　如果有的話就（幫您）調貨，或許後天能給您。

我：　真的嗎？麻煩你。

單字

1. ゲームソフト < ge.e.mu.so.fu.to > 4 名 電玩軟體

2. 最新(さいしん)モデル < sa.i.shi.n mo.de.ru > 5 名 最新機種

3. 入(はい)ってます < ha.i.t.te.ma.su > 進貨了，原形為「入(はい)る」 1 動

4. 担当(たんとう) < ta.n.to.o > 0 名 負責

5. 確認(かくにん)して < ka.ku.ni.n.shi.te > 確認，原形為「確認(かくにん)する」 0 動

6. 取(と)り寄(よ)せして < to.ri.yo.se.shi.te > 調貨，
原形為「取(と)り寄(よ)せる」 4 動

這個句型超好用！

① 間(ま)に合(あ)いません

意為「趕不上；來不及」。

急(いそ)がないと、間(ま)に合(あ)いませんよ。
i.so.ga.na.i to ma.ni.a.i.ma.se.n yo
不快一點的話，會來不及喔。

今(いま)さら後悔(こうかい)しても間(ま)に合(あ)いませんよ。
i.ma sa.ra ko.o.ka.i.shi.te mo ma.ni.a.i.ma.se.n yo
事到如今，就算後悔也來不及喔。

車(くるま)が故障(こしょう)して、予定(よてい)の時刻(じこく)に間(ま)に合(あ)いませんでした。
ku.ru.ma ga ko.sho.o.shi.te yo.te.e no ji.ko.ku ni ma.ni.a.i.ma.se.n.de.shi.ta
因為車子故障，趕不上預定的時間。

❷ かもしれません

表示説話者説話當時的一種推測，意為「也許；有可能」。另外，口語有時候也會出現「かもわかりません」的説法。如果聽話者是朋友等關係，也可以説「かもよ」、「かもね」、「かもしんないよ」。

もう在庫（ざいこ）がないかもしれません。
mo.o za.i.ko ga na.i ka.mo.shi.re.ma.se.n
可能已經沒有庫存了。

もう売（う）り切（き）れてしまったかもしれません。
mo.o u.ri.ki.re.te shi.ma.t.ta ka.mo.shi.re.ma.se.n
也許已經賣完了。

明日（あした）、新商品（しんしょうひん）が入（はい）るかもしれません。
a.shi.ta shi.n.sho.o.hi.n ga ha.i.ru ka.mo.shi.re.ma.se.n
明天可能會進新貨。

MP3 98

- 家電（かでん）
  < ka.de.n > 家電
- 充電器（じゅうでんき）
  < ju.u.de.n.ki > 充電器
- ビデオカメラ
  < bi.de.o.ka.me.ra > 錄影機
- メモリーカード
  < me.mo.ri.i.ka.a.do > 記憶卡
- バッテリー
  < ba.t.te.ri.i > 蓄電池
- ホットプレート
  < ho.t.to.pu.re.e.to > 電熱鐵板
- ゲーム機（き）
  < ge.e.mu.ki > 電玩主機
- 炊飯器（すいはんき）
  < su.i.ha.n.ki > 電子鍋
- 電子（でんし）レンジ
  < de.n.shi.re.n.ji > 微波爐
- 魔法瓶（まほうびん）
  < ma.ho.o.bi.n > 保溫瓶

- 電気（でんき）ポット
  < de.n.ki.po.t.to > 電子熱水瓶
- たこ焼（や）き機（き）
  < ta.ko.ya.ki.ki >
  做章魚燒的機器
- ドライヤー
  < do.ra.i.ya.a > 吹風機
- こたつ
  < ko.ta.tsu > 暖爐桌
- アイロン
  < a.i.ro.n > 熨斗

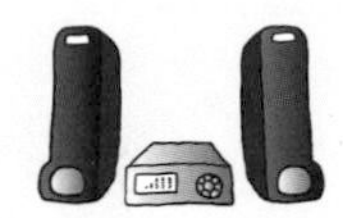

- スピーカー
  < su.pi.i.ka.a > 喇叭
- コーヒーメーカー
  < ko.o.hi.i.me.e.ka.a >
  咖啡機
- 電気（でんき）マット
  < de.n.ki.ma.t.to > 電毯
- ミキサー
  < mi.ki.sa.a > 果汁機
- テレビ
  < te.re.bi > 電視

10 ドラッグストア

< do.ra.g.gu.su.to.a > 藥妝店

旅遊會話我也會！

店員（てんいん）： 何（なに）かお探（さが）しですか。
te.n.i.n na.ni ka o sa.ga.shi de.su ka

わたし： ええ、 風邪薬（かぜぐすり） を……。
wa.ta.shi e.e ka.ze.gu.su.ri o

店員（てんいん）： それでしたら、あちらです。こちらへどうぞ。
te.n.i.n so.re de.shi.ta.ra a.chi.ra de.su ko.chi.ra e do.o.zo

わたし： あっ、それと 咳止（せきど）め も。
飲（の）む のはわたしじゃなくて、友人（ゆうじん）なんですが……。
wa.ta.shi a.t so.re.to se.ki.do.me mo
no.mu no wa wa.ta.shi ja na.ku.te yu.u.ji.n na n de.su ga

店員（てんいん）： そうですか。
熱（ねつ） はありますか。
te.n.i.n so.o de.su ka
ne.tsu wa a.ri.ma.su ka

わたし： ちょっとだけ。
とくに咳(せき)がひどくて①、眠(ねむ)れないみたい②です。

wa.ta.shi cho.t.to da.ke
to.ku.ni se.ki ga hi.do.ku.te ne.mu.re.na.i mi.ta.i de.su

店員(てんいん)： そうですか。
それでしたら、こちらの薬(くすり)をおすすめします。

te.n.i.n so.o de.su ka
so.re.de.shi.ta.ra ko.chi.ra no ku.su.ri o o.su.su.me shi.ma.su

中譯

店員：　　您在找什麼嗎？

我：　　是啊，感冒藥……。

店員：　　那個的話，在那裡。這邊請。

我：　　啊，還要止咳藥。要吃藥的不是我，是朋友……。

店員：　　是喔。有發燒嗎？

我：　　只有一點點。尤其咳得厲害，好像沒有辦法睡。

店員：　　是喔。那樣的話，推薦這個藥。

單字

1. 風邪薬（かぜぐすり）< ka.ze.gu.su.ri > 3 名 感冒藥

2. 咳止め（せきどめ）< se.ki.do.me > 0 名 止咳藥

3. 飲む（のむ）< no.mu > 1 動 喝；吃（藥）

4. 熱（ねつ）< ne.tsu > 2 名 發燒

5. 咳（せき）< se.ki > 2 名 咳嗽

6. 眠れない（ねむれない）< ne.mu.re.na.i > 睡不著，原形為「眠る（ねむる）」0 動 睡覺

MP3 100

這個句型超好用！

① ひどくて

意為「很嚴重」。

下痢（げり）が<u>ひどい</u>んです。
ge.ri ga hi.do.i n de.su
肚子拉得嚴重。

吐き気（はけ）が<u>ひどくて</u>、めまいもするんです。
ha.ki.ke ga hi.do.ku.te me.ma.i mo su.ru n de.su
嘔吐很嚴重，還頭暈。

便秘（べんぴ）が<u>ひどくて</u>、もう１週間（いっしゅうかん）も出（で）てないんです。
be.n.pi ga hi.do.ku.te mo.o i.s.shu.u.ka.n mo de.te na.i n de.su
便祕嚴重，已經一個星期大不出來。

❷ みたい

意為「好像～」，表示說話者「雖然不確定，但卻那麼認為」。用於說話者以自己親身所體驗到的，例如看到了什麼或聽到了什麼，來敘述自己的推斷時。

気分（きぶん）が悪（わる）いみたいですが、だいじょうぶですか。
ki.bu.n ga wa.ru.i mi.ta.i de.su ga da.i.jo.o.bu de.su ka
你好像不舒服的樣子，不要緊嗎？

あのお医者（いしゃ）さんは、かなりのベテランみたいです。
a.no o i.sha.sa.n wa ka.na.ri no be.te.ra.n mi.ta.i de.su
那個醫生好像相當資深。

この病院（びょういん）は、とても有名（ゆうめい）みたいです。
ko.no byo.o.i.n wa to.te.mo yu.u.me.e mi.ta.i de.su
這家醫院，好像非常有名。

- 胃腸薬（いちょうやく）
  < i.cho.o.ya.ku > 腸胃藥
- 便秘薬（べんぴやく）
  < be.n.pi.ya.ku > 便祕藥
- 下痢止め（げりどめ）
  < ge.ri.do.me > 止瀉藥
- 痛み止め（いたみどめ）
  < i.ta.mi.do.me > 止痛藥
- かゆみ止め（ど）
  < ka.yu.mi.do.me > 止癢藥
- 目薬（めぐすり）
  < me.gu.su.ri > 眼藥水
- 湿布薬（しっぷやく）
  < shi.p.pu.ya.ku > 酸痛貼布
- のど飴（あめ）
  < no.do.a.me > 喉糖
- ヘアカラー
  < he.a.ka.ra.a > 染髮劑
- 育毛剤（いくもうざい）
  < i.ku.mo.o.za.i > 生髮劑
- 体温計（たいおんけい）
  < ta.i.o.n.ke.e > 體溫計

- マスク
  < ma.su.ku > 口罩

- ハンドクリーム
  < ha.n.do.ku.ri.i.mu >
  護手霜
- フェイスマスク
  < fe.e.su.ma.su.ku > 面膜
- マスカラ
  < ma.su.ka.ra > 睫毛膏
- 口紅（くちべに）
  < ku.chi.be.ni > 口紅
- チーク
  < chi.i.ku > 腮紅
- アイライナー
  < a.i.ra.i.na.a > 眼線筆
- ファンデーション
  < fa.n.de.e.sho.n > 粉底
- マニキュア
  < ma.ni.kyu.a > 指甲油

日本是個購物天堂！？

我知道喜歡日本貨的台灣朋友很多，再加上最近日幣跌幅很大，所以現在不花錢，什麼時候花呢？哈哈，開玩笑的。當然不要亂花錢，聰明購物才是最重要的。

説到花錢，你知道在日本哪一種信用卡最好用嗎？全球有幾個主要的信用卡組織，像是「VISA カード」（VISA 卡）、「Master カード」（Master 卡）、「J C B カード」（JCB 卡）等等，這些信用卡的組織都需要透過銀行來發卡。其中 VISA 以及 Master 這二種，是全球市佔率最高的信用卡，換句話來說，全世界只要接受信用卡消費的地方，大多都能用 VISA 與 Master。但是在日本，市佔率最高的信用卡卻是 JCB，所以在日本有一些大型主題遊樂園甚至只收 JCB，不過別擔心，基本上一般商店都可以用 VISA 和 Master。如果還有疑慮，可以問店家説「VISA カードは使えますか」（可以用 VISA 卡嗎）、「Master カードは使えますか」（可以用 Master 卡嗎）等等，順便了解一下自己的日文程度也不錯喔（笑）。

另外，既然來到日本，特別推薦選購的是「**限定商品**」（限定商品）。日本人最愛實施「限定」這玩意兒，但不只是日本人，台灣人對「限定」這個字眼也幾乎沒有什麼抵抗力吧。所以提醒你，去日本一定要小心，因為街頭上常會看到「限定」這二個字，而本來沒有想要買的，最後總是跟著搶購。像是「**大阪限定**」（大阪限定）、「**北海道限定**」（北海道限定）、「**クリスマス限定**」（聖誕節限定）、「**春季限定**」（春季限定）……，總之，記得口袋要抓緊一點喔。

國家圖書館出版品預行編目資料

從零開始，跟著説、輕鬆比～你也會的旅遊日語！ 新版 /
こんどうともこ著
--修訂初版--臺北市：瑞蘭國際, 2024.03
320面；17 x 23公分 --（元氣日語系列；47）
ISBN：978-626-7274-98-9（平裝）
1. CST：日語 2. CST：旅遊 3. CST：會話
803.188 113002901

元氣日語系列 47

從零開始，跟著説、輕鬆比～
你也會的旅遊日語！新版

作者｜こんどうともこ
審訂｜元氣日語編輯小組
責任編輯｜葉仲芸、王愿琦
校對｜こんどうともこ、葉仲芸、王愿琦

日語錄音｜こんどうともこ、福岡載豐 ・ 錄音室｜采漾錄音製作有限公司
視覺設計｜劉麗雪／美術插畫｜ Ruei Yang、Rebecca

瑞蘭國際出版
董事長｜張暖彗 ・ 社長兼總編輯｜王愿琦
編輯部
副總編輯｜葉仲芸 ・ 主編｜潘治婷
設計部主任｜陳如琪
業務部
經理｜楊米琪 ・ 主任｜林湲洵 ・ 組長｜張毓庭

出版社｜瑞蘭國際有限公司 ・ 地址｜台北市大安區安和路一段 104 號 7 樓之一
電話｜ (02)2700-4625 ・ 傳真｜ (02)2700-4622 ・ 訂購專線｜ (02)2700-4625
劃撥帳號｜ 19914152 瑞蘭國際有限公司
瑞蘭國際網路書城｜ www.genki-japan.com.tw

法律顧問｜海灣國際法律事務所　呂錦峯律師

總經銷｜聯合發行股份有限公司 ・ 電話｜ (02)2917-8022、2917-8042
傳真｜ (02)2915-6275、2915-7212 ・ 印刷｜科億印刷股份有限公司
出版日期｜ 2024 年 03 月初版 1 刷 ・ 定價｜ 450 元 ・ISBN ｜ 978-626-7274-98-9